半生滋味

韓良憶精選集

序——

半生滋味，就這樣吧

年輕的時候，如果有人對我說，未來我將出版逾二十本以散文為主的華文著作，我應該會哈哈大笑，說「別鬧了」。要知道，我從來不覺得自己懷有足以傲人的才氣和文筆，更不曾立志寫作，這主要是由於，我從小到大課業表現雖然不差，國語或國文成績也還過得去，作文分數卻是時好時壞，碰上老師出的題目恰好是我有所思、有所感的主題，能拿個甲或甚至甲上，倘若絲毫引不起興趣，就胡謅亂寫，被老師批個乙也是應該的事。總之，儘管我曾經是愛讀雜書的「文藝少女」，作文成績卻讓我多少有自知之明，並未妄想自己能當作家。

然而彷彿一轉眼，多年過去，我如今最為人知的身分竟是「作家」或「飲食作家」，看著自家書櫃上那一排署名韓良憶的著作，依然感到難以置信，怎麼我就這樣以寫作為業了。關於我起初何以拾起筆來寫食談飲，在前著《家常好日子》中，已藉〈食話從頭說〉說明大概。在你現在翻開的這一本《半生滋味》中，有篇名為〈所謂飲食作家的前世〉的散文，也作了一些交代。

這會兒，更不可思議的是，明知自己算不上文壇重量級作家，卻居然要出精選集了，真不知哪來的膽量！不過坦白講，本書之所以出版，除了我有一點傻大姐性格，做事常憑著天外飛來的莽膽外，也與總算緩和下來的新冠疫情有關。

疫情期間，我一如絕大多數人，生活出現不小的變化，最顯著的不同就是，不得不暫停越洋旅行，乖乖待在台北，在疫情最嚴峻時，甚至一連數日足不出戶。長期待在家中，培養出一大興趣：在串流平台上看電影，看厭了就讀書、聽音樂。有一天，又站在書房的書牆前左顧右盼，盤算著要讀哪本書，隨手自最近的架上抽出寫作生涯早期出版的《青春食堂》，隨意翻開。

這一看便放不下，並不是覺得當年相對年輕的自己，寫得有多麼好（雖然不能不承認，有幾篇我還滿喜歡的），而是書中二十篇長短不一的散文，皆透過味覺追憶往事，在又過二十年後，早已步入中年的我雖未遺忘這些往事，對提筆憶往時的心情，卻只留下模糊的印象。重讀舊文提醒了我，原來自己當時是這麼想，有這樣的感受。

於是一篇散文讀完再讀一篇，一冊舊作讀完又讀一冊，出版精選集的念頭慢慢在腦中成形，我想從這些已絕版且極可能不再印行的著作中，選出一些對自己的人生特別有意義或個人偏愛的文章，結集成書，一來當個紀念，二來則是，近些年來才認識我的讀者，有興趣或好奇的話，亦可透過這些「少作」與「舊作」，看看韓良憶是如何「莫名其妙」地成為所謂飲食作家或作家，說不定書中有些想法與心情故事，可以引發讀者的共鳴。

選入《半生滋味》的文章，記錄了我半生嘗過的滋味，有實質的飲食滋味，也有抽象的人生況味。說真的，若干作品如果換成現在的我來寫，可能會成為不大一樣的文章，這是因為隨著年紀的增長和現實生活更多的磨練，我從文筆風格到對生活的感觸，皆已不同於過往。然而話說回來，過去的

「我」難道不是當下的「我」的一部分？而我以前寫的文章不也曾切實地參與並構築了我的人生？儘管歲月遞變，偶爾難免有物是人非之感，我還是十分慶幸自己曾以文字描述某段時光的生活，記下我遇見的一些人和事物。縱使這些人、這些事物如今已有一部分不復得見，至少在我的文字中留下紀錄。這麼看來，能夠成為作家，寫下這些文章，實在是我的一大福分。

這本書分為四輯，在多篇文章後面，以及每一輯的末尾，我新寫了一些段落，有說明亦有檢討與感想，算是後記。至於文章本體，除刪掉好比「了」、「的」之類的贅字和當年未發現的錯字外，其他並未更動。

回首前塵，最感謝的仍是筆耕生涯中那些曾鼓勵過我、給過我機會的「貴人」，沒有他們，不會有今日敢於自稱是作家的韓良憶。此外，就像我說過不知多少次，一本書的完成，從來不是作者個人的功勞，我要謝謝歷年來合作過的文字與美術編輯、行銷和發行同仁，特別是皇冠出版社方、前任總編輯盧春旭與現任總編輯許婷婷。各位多年來相信我、支持我，點點滴滴，我都銘記在心。

還有本書責編黃雅群、行銷薛晴方，以及為本書設計封面的楊啟巽先生，謝謝您們。

韓良憶

寫於癸卯年大暑

目錄

輯二 流浪之味

輯三　生活之味

輯四 季節之味

輯一

記憶之味

我的記憶密碼

常覺得人的腦袋像密封的魔法寶盒，裡頭藏著無數的奇思幻想，有當下這一刻的念頭、對明日的憧憬和期待，還有關乎昨日的記憶。回憶，恐怕占了最大一部分。

只因為，人的一生畢竟是以珍貴卻短暫的今天、未知的明天和許許多多的昨天所組成。日子一天天過去，久而久之，累積的往事多到數也數不清；有些往事塵封已久，記憶漸漸模糊，到頭來索性整個遺忘。

所幸，我們還有啟動記憶的「密碼」，一旦輸入密碼，密封的寶盒便打開了，幽渺的往事遂隨著慢慢恢復的記憶，一件件回到眼前。這個密碼往往不是一組數字，更可能是一首歌（聽覺）、一個畫面（視覺）或一股氣味（嗅覺）；也有人的記憶密碼是一種味道，好比說，法國文豪普魯斯特。

說到味覺召喚往事的力量，普魯斯特的《追憶似水年華》應是文學史上最著名的例子。一口椴花茶和貝殼形瑪德蓮蛋糕，讓我們這位法國文豪冷不防想起童年往事，回憶如潮水般湧來，他逆著時間的洪流而上，爬梳過往的種種，寫成這一部文學巨構。

我的才華當然不及文豪的千萬分之一，和其人唯一相通之處，或許只有味覺這個密碼吧。

對我這個饞人而言，食物不單只是維持生命的事物或感官的享受，它更是喚起回憶的密碼，常常讓我不期然憶及往昔時光，並感到生命因林林總總、或苦或甜的往事而更加充實。

最早給我留下深刻印象的食物，是一種六芒星形的甜餅。如今推算回去，吃到那餅時，我才四、五歲，家住新北投。每一回爸媽帶著孩子去西門町逛街、上館子時，爸爸只要一看到那位臉孔黑黑的攤販立在騎樓下，便會買上好幾個。爸爸告訴我們，這餅叫做「金剛蹄」，是江蘇老家的特產，他在台灣其他地方都沒見過，恐怕就只有這位小販會做吧。（晚近，我上網搜尋，發現它的真名應該是「京江臍」，只是給爸爸的鄉音一唸，變成了金剛的腳爪啦。）

金剛蹄（或京江臍）的外殼金黃略硬，內裡是發酵的白麵，帶股甜香。我第一次吃，覺得有點像媽媽拿來擦臉的「雪花膏」，聽爸爸解說才明白，那其實是桂花香，來自糖漬桂花。

爸爸買完餅，多半會跟那位小販聊個一會兒。他們用家鄉話交談，我似懂非懂，卻記得爸爸捧著那一大包甜餅，帶著一家大小在前往餐館的路上，搖著頭不捨地對媽媽說：「這老鄉也可憐，糊里糊塗來台灣，沒手藝，就會做這個。」

年幼的我自然不能理解爸爸的言外之意；成年後，台灣的政治環境大不同於肅殺的戒嚴時代，我閱讀文史資料後逐漸明白，那位與父親同鄉的攤販應是退伍的國軍低階士兵，正是俗稱的「老芋仔」。他或許是在國共內戰時期，被國軍拉伕渡海來台，也說不定是農家子弟，大字不識幾個，除了種地耕田外，別的都不會，只能憑著昔日看母親烤餅的記憶，做出家鄉味，賺點小錢維持生活。而我當時亦剛從軍中退伍不久的爸爸，經常關照他的生意，一方面是憐惜老鄉在台舉目無親，二方面或也想重溫兒時滋味吧。

幼時的我有點偏食，一般不喜甜食，那桂花餅不很甜，我吃著很香，是少數我會主動索求的點心。後來不知怎的，有好一陣子沒再吃到，有一回我吵著想吃，爸爸乾脆帶我專程到西門町，父女倆在小販原本固定出現的幾處騎樓轉悠，找來找去，就是不見其人蹤影，爸爸不死心，向附近商家打聽，都說好久沒見到，「該不會已經不在了」。我很失望，可是看到爸爸臉上凝重的表情，很乖覺地並未吵鬧。

從此以後，我再也沒嘗到金剛蹄，但是它那股濃濃的桂花香和淡淡的甜味，卻彷彿始終留在我的舌尖，以後我只要一嘗到糖漬桂花的味道，就會想起仍然吃得到金剛蹄的那段時光，還有爸爸帶著我大街小巷尋找金剛蹄的那一個下午。

那一雙大手緊緊牽著我的小手，力量如此堅定。他沒有多說什麼，只是藉由溫暖的手心，把慈父的愛默默傳遞給年幼的小女兒，讓她感受到一種確切而深邃的安全感。

金剛蹄雖已成絕響，所幸還有記憶留存在寶盒中，只要味覺密碼稍加提示，盒蓋便應聲而開，中年的我便立刻回到那早已消逝的童年。

多年後，有一回去上海，辦完公事，和當地負責接待的出版社同仁聊起金剛蹄，她一聽我描述就說，上海有，至少曾經有，滬語叫「老虎腳爪」，很扎實，形狀就像老虎爪，「但是許久沒看到了。」

這位編輯很熱心，亦是「吃貨」，索性陪著我在市區好幾家賣點心的店面找找看，小攤子也不放過，終究都落空。

後來想想，落空也好，說不定吃了反而失望，想來早非舊時味，而有些美味，或許更適合留在回憶中。

以九層塔之名

一九七四年七月二十九日，中山高速公路三重到中壢段通車。同一天，還在念小學的我頭一次嘗到九層塔的滋味。

那年代的小學生少有上什麼才藝班、輔導課這一套的，暑假才過了一個月，我和同班的玲就幾乎把整個北投玩遍了。玲說：「不如到我舅舅家，可以順便去青草湖玩。」

我大概是因為早讀一年的關係，從小一直是班上最小的，養成凡事多半聽從別人，自己沒什麼主見的個性，有得玩就好了。跟媽媽講了，她並無異議，於是我第二天就隨著比較懂事的玲，從新北投坐火車，到台北轉搭公路局去新竹。

沒想到趕上通車的熱潮，我們搭的客運也在新路上行駛了一段，車上還有扛著攝影機的電視記者。「嘿，會不會拍到我們呀？」小女生一路竊竊私語，可惜當晚的電視新聞裡，有白花花的太陽照耀在寬闊的公路上的畫面，也有從司機肩後拍攝駕駛動作的鏡頭，就是沒有我們倆。

玲很失望，我倒無所謂，因為就在那天中午，我吃到了九層塔。

依稀記得玲的舅媽燒了一桌子菜，可是我就只對那盤九層塔煎蛋印象深刻。我在阿嬤家吃過魩仔魚炒蛋和菜脯蛋，那天看著那盤翠綠、金黃相間的煎蛋，卻猜不出是什麼，夾了一筷子入口，一股說不上來的芳香猛地在口中散放開來，陌生而幽微，像粗毛或軟刺，密密扎在舌上。

在那以前，除了蔥、薑以外，我不愛吃一切嗆辣的辛香料，那奇妙的綠色蔬菜雖帶點刺激感，卻不辣也不嗆，就是香，沁心的香。我問玲，她用客家話講了那是什麼塔的，「我也不知道國語怎麼講，反正就是一種香菜。」

次日回到新北投的家，向媽媽報告見聞，什麼高速公路、青草湖都來不及提便急著講，有種香菜叫什麼塔的，好好吃。「喔，大概是客家人愛吃『高站塔』吧。」媽媽說：「市場的炒螺肉都有放呀，你怕辣，所以沒帶你吃過，下回去試試看吧。」

事隔多年，媽媽的話猶在耳邊；我至今都還記得，當時心裡想著，「高高站立的塔」，這名字真有意思啊。

我就這樣高站塔、高站塔地稱呼這美妙的香菜。每一回跟媽媽去夜市吃東西，都指定要吃炒螺肉；硬硬的螺肉，吃兩顆意思意思，我的目標是佐料的辛香葉片。

好幾年以後，我上大學了，有一回和出身新竹的同學聊起往事，她笑得半死，說你這個「芋仔番薯」，閩南語實在爛透了，什麼高站塔啊，哈哈哈，是九層塔啦。

高站塔也好，九層塔也好，總之這味辛香似乎開拓了我的味覺領域，在它帶動下，我胃口大開，從此辣椒也吃了，蒜味亦不恨了，更再也不覺得芫荽是臭的。而今想來，「高站塔」來得正是時候，彼時我的身體剛開始起了細微的變化，逐漸要告別童稚，這芳香的綠葉像是「扳機」，觸動了感官知覺的新天地。

九層塔是這種唇形花科植物的眾多別名之一，客家人稱之為七層塔，玲當年告訴我的，應該就是客語發音的這名字。它的正名是羅勒，只是如今提到羅勒，一般聯想到的多半是九層塔的洋親戚，亦即義大利人拿來配番茄吃的 basil（義文為 basilico）。其實羅勒之名，比九層塔更早見於中國典籍，寫於近一千五百年前的古農書《齊民要術》中，即記載有「蘭香者，羅勒也」。

叫什麼名字，或許並不重要，莎士比亞不就藉著羅密歐之口講過：「名字算什麼？玫瑰即使不叫玫瑰，聞起來依然甜美。」更何況，人的一生能有幾次啟蒙的經驗？而我因為歷史的機緣，連啟蒙的一刻到底發生在何年何月何日都能弄個明白，真是何其有幸。

耶誕夜的童話屋

也曾衷心期盼耶誕夜來臨，並且相信世上真有紅鼻頭白鬍鬚、挺了個大肚皮的耶誕老公公。而我委實有福，在六歲或七歲那一年，總之是好久以前，曾擁有過夢幻的耶誕節。

依然記得那個冬夜，爸媽捧了個大蛋糕盒，從台北市區回到我們在新北投半山上的家。打開盒子一看，裡頭卻沒有奶油蛋糕，而端坐著一個由淺褐色餅乾堆砌而成的小屋子，屋頂遍撒白色糖衣製成的雪花，上頭還鑲嵌了巧克力糖球，五彩繽紛，和童話書插圖裡畫的糖果餅乾屋差不多一模一樣，只是小了好幾號。

我驚喜到幾近呆傻，沒法像平時那樣，撒嬌地索求先嘗一口，光是癡望著這奇妙的小屋子。我實在沒有想到，故事書裡的事物竟會如此分明地出現在眼前。

我的爸爸媽媽，尤其是爸爸，一向捨得花錢買一切好吃好玩的東西，讓自己開心，給四個孩子開開眼界，更從不禁止我們隨意取用重金換來的新鮮玩意。然而他倆那一回卻一反平日縱容的態度，一面小心翼翼地把餅乾屋安放在客廳的玻璃櫃裡，一面吩咐我和弟弟只准看、不准吃，得等到耶誕老公公在平安夜裡來家裡看過了，過完了耶誕節，大夥兒才能一同動手拆屋，分享美味。

媽媽還補充說，這座小屋叫薑餅屋，洋人過耶誕節一定得準備，貴的咧，是她和爸爸特地上中山北路美軍顧問團附近買來的。

從那天開始，我每天早上起床，都會奔到玻璃櫃前，看看薑餅屋是否安然無恙，就寢前也要再看一眼才肯上床。我唯恐有人趁大夥不注意時，把它搬走，或者狠心地統統吃光。

那一年，爸媽大約是下定決心要過一個像美國電視影集那樣的耶誕節，薑餅屋還沒進家門前，客廳裡早早便布置了一棵耶誕樹盆景，比我高了好幾個頭，樹上掛滿紅絲帶、金色的鈴鐺和銀色的星星。我自作主張，把教會主日學老師發的西洋耶誕卡，也架在樹梢上，卡片上頭撒了銀粉，亮晶晶的，幼年的我覺得好漂亮。樹上當然還纏繞著五彩小燈泡，到了晚上，媽媽會把天花板的大燈關掉，只留耶誕樹上的彩燈明滅閃爍，發出神秘的光芒。

接下來的某一天下午，我從舊北投的阿嬤家回到溫泉路巷裡的家，剛進大門，就聽見後院傳來咕嚕嚕的粗礪叫聲。奔去一看，麵包樹下多了一個大籠子，裡頭是兩隻大火雞，頭小身子大，下巴還垂了皺巴巴的肉囊，紅通通的，醜得很。

我本來就不喜歡鳥類，甚至有一點恐鳥症，一見這兩隻醜八怪更是討厭，轉身就走，不想再多看一眼。可是爸爸竟把牠們養在浴室對面，我上洗手間的時候，一個不小心就會瞥見窗外隱約有兩個紅色的肉瘤晃來晃去，噁心極了，趕緊把窗關上，卻關不住火雞好似在示威的鳴叫聲。

平安夜那一天，我一早起來，院子裡一片沉寂，籠子空了，兩隻火雞不見了。「送到市場的烤肉店叫他們代殺代烤去了，今晚有烤火雞耶誕大餐吃啦！」幫忙家務的陶媽媽宣布。

別家的孩子到了這時候，很可能會同情火雞的厄運，哀哀哭了起來，我卻無動於衷。

我們家的孩子從小看慣了爸爸一會兒在屋簷下的大陶缸裡養隻大甲魚，一會兒又放了幾條黃鱔，說要讓牠們吐去土腥味。等過了兩三天，陶缸上不再覆著木蓋，缸裡空空如也，我們不必問也曉得，爸爸晚上又要一展手藝，下廚燒冰糖甲魚或清炒鱔糊了。因此，打從爸爸把兩隻火雞弄進門那天起，我就明白，他絕對不是想養來當寵物。

幼時的我雖挑食，但對爸爸的廚藝和創意一向捧場。甲魚也好，鱔糊也好，起碼會沾沾口，嘗嘗味道，再決定要不要繼續下箸。那個平安夜，我卻無論如何也不肯嘗上一口烤得金黃焦脆的火雞肉，倒不是善心大發，而是火雞的樣子實在太醜怪，叫聲太刺耳，怎麼也不能讓我聯想起耶誕美味。

何況，那天晚上，我有心事，小腦袋瓜裡全是夢幻的薑餅屋，只盼著趕快去睡覺，等明早一醒來，我就能明白薑餅屋到底是什麼滋味啦！

上床前，爸媽替我和弟弟各準備了一只滾白邊的紅絨布襪，掛在床邊。媽媽說，耶誕老公公今晚就要搭著雪橇從北極飛來家裡，分禮物給聽話的孩子，這襪子就是拿來盛放禮物的。只要我們乖乖睡覺，不吵鬧，他老人家看見薑餅屋依然完好無缺，沒被貪心的小孩偷吃掉，便會安心離去，明年再來探望世人。

不消說，第二天早上，我當然在襪子裡發現了禮物，是什麼已經記不得，只因我急著跑到客廳，查看薑餅屋還在不在，可不要給耶誕老公公順手帶回北極了。

爸爸看我這麼心急，從餅屋背面掰了一小塊下來，我禁不住驚呼一聲，生怕小屋會因此崩塌，幸而沒有，薑餅屋屹立不搖。我放下一顆心，端詳著爸爸遞給我的這一塊不及我小手掌大的餅，猶豫著要不要放進嘴裡，吃下去可就沒了。

年幼的我畢竟抵擋不了好奇心的驅使，遲疑了片刻，還是把餅送入口中，含了好一會兒，才開始咀嚼。

出乎我的意料，餅乾並不是巧克力口味，質地亦不那麼脆，比我想像的柔軟，帶有濃郁的薑味和一種說不出來的芳香滋味，那是以往從未嘗過的香味。很久以後才知道，這股濃香，原來來自西洋人烘焙糕餅時愛用的熱帶香料——肉桂和丁香。

濃郁的甜香充盈在整個嘴裡，久久不散，媽媽叫我到飯廳吃早飯，我也不理，就怕口中這香味會被稀飯沖走。

爸爸並沒有再給我另一塊薑餅，我也沒有要求。薑餅屋的味道，只要嘗過，明白是這麼一回事，也就足夠了，何必要把它弄碎，破壞一個美麗的童話呢？年紀小小的我，彷彿也知曉這個道理。

從此以後，我固執地認定，薑餅屋的滋味，就是耶誕節的味道。每當薑餅入口，那年冬天童稚天真的喜悅，便立刻湧現心頭。直到現在，每逢耶誕節，我可以沒有耶誕樹，沒有禮物，當然也不要火雞，但是一定要有薑餅屋，小小的就可以。

移居荷蘭前的最後一個冬天，我上街去，一口氣買了好幾個薑餅屋，一個留給自己，放在小公寓的餐檯上，伴我過耶誕，其他的則分贈給有稚兒幼女的親友。

事隔多年，我當然早已明白，耶誕老人從來就不曾存在，只是仍忍不住要懷念那個難忘的耶誕節，還有那段懵懂卻真心相信耶誕老公公的純真年代。童年雖已悄然遠去，至少我還能把薑餅屋的夢幻形影與甜蜜滋味，分送給年幼的孩子，或許當他們長大成人了，有一天也會不經意地想起來，有年冬天，曾有一幢童話般的小屋子，出現在家中的一角……

以粥養生

胃口不好時，就想喝粥。一杯白米對上七杯左右的水，大火煮滾後轉文火，再熬一會兒，不時以木杓攪拌一下，以免焦底，等到鍋裡「水米融洽、柔膩如一」（見袁枚《隨園食單》），便舀上一碗，捧在手心裡，就著碗緣啜上一口。

粥乍入口，味甚淡，再一嘗，方覺平淡中自有甘甜，還有股幽然的米香，接著夾上一小塊蔭瓜或醬蘿蔔，再啜一口，原本鬱結的胃口慢慢地打開，不知不覺間，唏哩呼嚕喝下兩三碗。

粥即稀飯，如果是白米加水煮成，我家習稱為稀飯，這是爸爸的叫法，他說從前在蘇北老家，早、晚都喝稀飯，只有中午吃一點乾飯。早晨的稀飯佐以各色醃菜，再來一盤饅頭、蒸包。晚餐的菜餚就比較豐富，熱炒、清燉、紅燒，樣樣不缺，擺滿一桌。老家煮稀飯常用形狀細長的秈米，也就是台灣的在來米，煮出來的稀飯不很稠，清爽。偶爾想換換口味，才改用較圓短的粳米；或摻一點豆麥雜糧，按爸爸的說法，「吃好玩的。」

在我家，稀飯尚有別名，如果加了魚肉蔬菜等葷素材料同煮，就得改口用媽媽的台語，稱其為「糜」（音如 moaai）。阿嬤和媽媽都愛食糜，甜鹹不拘，甜的像「米糕糜」（桂圓糯米粥），是下午的點心或宵夜，盛至碗中後可淋少許米酒，寒冬時分喝上一碗，渾身暖烘烘。

鹹糜一般當午膳，暑日天氣酷熱，吃不下油膩之物，中午就食糜，好比筍絲蚵仔瘦肉糜、香菇芋頭糜，都是阿嬤的拿手菜。阿嬤煮糜有廈門之風，米粒不熬太久，故粒粒分明，軟而不爛。

父母因為生長環境的不同，對於粥該怎麼烹飪、怎麼吃，各有各的想法，爸爸就始終不愛吃阿嬤的鹹糜。不過他倆倒也都同意，粥易入口、好消化，可以養生，所以小孩生病時，一定要喝粥，而且得喝不必多咀嚼便可下肚的清粥，也就是爸爸的稀飯，只是煮粥時，得多加一點水，還得多熬個半晌，好讓粥更稀、更爛，也更好下嚥。

為了營養，清粥裡尚需拌雞精或肉鬆，由爸爸或媽媽持碗餵食。他們每舀起一匙粥，都不忘噘起嘴來吹涼，以免熱粥燙傷寶貝孩子，爸媽就這樣一口一口地餵飽病弱的兒女，逐漸把我們養大。

直到現在，肉鬆拌稀飯仍是我的「療癒食物」（comfort food），我只要身體有恙，便渴食這一味。為了預防病中沒有體力起床，剛來荷蘭不久就未雨綢繆，教丈夫熬粥。他原不知粥為何物，更死硬派地不信中式養生之道，但是為了妻子心靈（或身體）健康，如今也學會煮稀飯了。

相信粥可以養生的，當然不只我的父母而已，數不清有多少華人都深信粥食有益健康。早在夏、商、周三代，中國人便有以粥養老、養生的制度和觀念，《禮記》中有不少有關粥的記載，比方〈養老篇〉就說：「仲秋之月，養衰老，授几杖，行糜粥飲食。」顯然認為粥適合衰老之人食用。

不過古往今來，論起對粥的「信仰」之堅定，南宋的陸游恐怕是數一數二，這位大詩人特別注重養生，寫了不少養生詩，他相信食粥可以延年益壽，甚至著有〈食粥〉詩云：「世人個個學長年，不知長年在眼前。我得宛丘平易法，只將食粥致神仙。」

詩人一生活了八十五年，在八百多年前，如此高壽，算是人瑞，但不知這跟他嗜食粥糜有沒有關係呢？

最後一碗清冰

夏天就要過完了，這是童年最後一個暑假。再過一天，我就得永遠離開坐落在相思樹林中的小學，到離家十分鐘的國中就讀。

這個暑假和記憶中童年的每個暑假一樣，日頭總是一個勁地火辣，不留情地直射在彷彿要融化的瀝青路面。

假期的最後一天，我和寶寶、皮球走出冷氣開放的中興戲院，明天就得變成國中女生的我們，剛看完一場不知道是第幾輪的電影。

從黝黑涼爽的電影院出來，乍見刺目的陽光，一時無法適應，我瞇著眼，貼著戲院的後牆走，試圖貪點牆影遮陰，可是那灼熱光燦的太陽，依然大剌剌地戳襲每一寸暴露在熱空氣中的肌膚，汗珠從額角、兩腋和後膝關節不斷冒出……

臉圓眼睛也圓的寶寶，甩著拖到最後時刻仍捨不得剪掉的兩根麻花辮，好似要擺脫炎熱暑氣地說：「還是去阿珠那裡吃冰吧！」

對於吃冰這一檔子事很少有異議的我，迫不及待地跟著她，還有長得一點也不圓滾滾、反而自小長手長腳的皮球，加快步伐，往菜市場方向前進。我早就巴望到阿珠那邊，吃它一大碗怎麼也不覺得膩的清涼刨冰。

阿珠，是市場邊的小攤，冬天賣大、小紅豆湯圓和福圓茶，也就是桂圓湯。夏天的花樣可多了，有紅豆、綠豆、粉條、米苔目、四果等，五顏六色，真讓我們這一夥孩子看得眼花撩亂，可是我們最愛吃，一致同意最美味的，卻是價錢最便宜的「清冰」。

時為七〇年代中期，我們家住北投，那裡是尚未停駛的北淡線火車中途點。雖然在行政區上被劃歸於台北市，離市區也只有幾十分鐘的車程，北投卻似乎遠離都會的塵囂，有著小鎮所獨有、無所事事的閒散風情。放暑假的小學生，不必到學校暑修，也沒有什麼才藝班或英語班要上，電動遊戲別說見過，連聽也沒聽過。

整個暑假，我們要嘛到家後面海拔才兩百多公尺的丹鳳山去「探險」、捉迷藏，或爬至山頂的丹鳳岩，瀏覽鋪在山腳的小鎮風光與遠處蜿蜒而過的淡水河，要不就是徒步十幾分鐘，到舊北投市場附近的中興戲院，窩在涼爽的木頭扶手座位上，看不劃位也不清場的二、三輪電影，多半是瓊瑤文藝片或香港武打片，有時甚至會看到不知是哪一年出品、畫面有一條條刮痕像「下雨」的台語片，比方《王哥柳哥遊台灣》。

小學時代最後一個暑期，我們似乎預見未來三年的國中生活，將被青春發育期的自我厭棄感與升學壓力逼迫得喘不過氣來，只要戲院一換片，立刻上門報到，生怕錯過任何一部電影。

現在回想起來，與其說是看電影，毋寧是為了吹冷氣，並且在暫時與世隔絕的黝暗中，忘記成長的不安和惶恐。何況三個都還來不及發育完全的小女生，只要湊錢買張票，門口的阿姨就會放我們進去。我們每一回總是摸黑進場，隨便找空位坐下，下一場再從片頭接看，電影到底在演什麼，誰都懶得費神去弄明白。

我在清涼的空氣裡，眼睛盯著前方被光影占據的銀幕，心中卻往往在盤算，等會去攤上吃冰，我是照例吃清冰呢？還是換換口味，改吃米苔目紅豆冰？

常常，還是抵擋不了清冰的誘惑。

所謂清冰，就是一碗刨得鬆鬆的冰，澆上糖水和酸梅汁。那又酸又甜的酸梅汁是人工色素、酸料加香精做成的化學液體，裝在米酒矸仔中，瓶口罩著塑膠蓋，上頭戳了幾個小洞。只見阿珠手腳俐落地刨好冰，加了一杓淡褐色的糖水，順手拿起酒矸，連蓋子都不必打開，紅色的汁液就透過洞口，澆灑在冰上，把白花花的冰染紅，也把原本無滋無味的冰花，化為炎夏涼品。

性急的我，自己捧來清冰，先不去攪勻，從酸梅汁最集中、色澤最豔紅的地方，一杓挖下，送入口中，一股酸甜的冰流從喉嚨一路下滑，體內的熱氣，霎時從毛孔中飛散而去，送還給驕陽。

那一天，我和寶寶、皮球看的究竟是哪一部電影，我壓根兒不記得。吃完冰後，我們又晃到哪裡，做了哪些有趣或無聊的事，來度過童年最後一個暑假的最後一天，也完全不復記憶。倒是清冰酸甜又清涼的滋味，彷彿在舌尖凍結了，至今似乎都還嘗得到。

國中畢業後，我們一家人搬到台北市區東門一帶，我好像從此再也沒有吃過澆了人工酸梅汁的清冰。回想起來，也許清冰從來沒有那麼可口，只是喚不回的事物，經過回憶的修飾或欺瞞，總顯得格外美好。清冰，遂成了我童年的最後印記。

搬到市區後的某一天，在報上看到一則小小的新聞。深夜一場無名大火，把中興戲院夷為平地，舊市場的違章建築和破落的攤位也逃不過都市計畫的腳步，被拆除乾淨，在原址蓋起了北投區行政大樓。

我一直不敢重回舊地，看看老是露出兩顆門牙，亮著一臉憨厚笑容的阿珠，是否還在刨冰機後面，雙手一刻也不停地刨冰、數錢、刨冰……

我也沒有再遇見寶寶或皮球，倒也不是不想見面，而是都長大了，忙碌瑣碎的日常生活，讓人提不起勁去刻意安排重逢的機會。就算見著了，又能說什麼？結婚了嗎？幾個小孩？先生是做什麼的？孩子在哪裡唸書？

我寧可永遠記住那個炎日午後，寶寶、皮球同我，一起走在陽光下的小巷子裡，急著去吃童年最後一碗清冰。

漸去漸遠的梆子聲

我和大姊佇立在深夜清涼如水的巷子裡，豎耳傾聽著一聲扣著一聲，逐漸遠去的梆子聲，試圖去捕捉它的來處，好循聲而奔去。

敲梆子的，是只要不下雨，幾乎夜夜都會推車經過我家門前的賣餛飩老頭兒。在四樓公寓臥房燈下夜讀的我，方才稍一遲疑，沒有從陽台上叫住餛飩車，等我抵擋不了梆子聲聲催促，終於推開一桌課本，夥著姊姊拎著大碗，飛步下樓時，老頭兒早已不見蹤影，只聽那梆子聲仍在某條巷子的深處，幽幽傳來。

那一年夏天，我將要考大學，過完春節，決心面對現實，開始每晚苦讀。我天天留校自習至晚上九點，從長安東路、松江路口搭〇路公車一路晃回在東門町的家後，隨便沖個澡，就把自己關在房裡，在唱機上放起 Led Zeppelin 或 Queen 的唱片，總之只要是吶喊嘶叫的重搖滾樂都好，這樣才能隔絕客廳裡的電視誘惑，還有窗外路人高聲談笑的聲浪與機車呼嘯而過的噪音。

我扭開書桌上的檯燈，開始埋首於教科書和參考書堆中，每回總要放完兩張唱片，外界的雜音才漸漸平息。我關掉唱機，在格外沉寂的孤燈下，背對著墨藍的夜空，反覆誦讀著如今早已遺忘的課文章節。

每當餛飩老頭兒的梆子聲自遠而近，緩緩朝著家的方向而來時，不必看鐘我也知道，又近午夜時分了。

已上大學的姊姊，這時往往返家不久。她悠然踱進房來，坐在床沿，閒問我要不要和她一道下樓去買餛飩。我不管餓不餓、饞不饞，一律說好，姊妹倆趕緊跑到臥室外的小陽台，齊聲叫住老頭兒，接著快快趿上拖鞋，匆匆忙忙奔下樓，去買一大碗熱騰騰的餛飩湯，要是爸媽也還沒睡，我們會索性拎口小湯鍋，買它一鍋。

賣餛飩的老頭兒大約六十來歲，花白的頭髮筆直地豎在頭頂，黝黑的臉孔滿布皺紋，好似有說不出的滄桑。他老是穿著一條洗得泛白的卡其褲，套著黑色膠鞋，天熱的時候上身只著白汗衫，冬天則還搭件藍夾克。

老頭兒賣的是溫州鮮肉大餛飩，操著卻不是姊妹倆從小聽慣的江南口音，而是我們分辨不出的某種鄉音。從我們站在推車前，點好餛飩開始，他就沒停止喃喃自語，不住地說：「我這餛飩，湯好，皮好，餡好，你們識貨。」一總是這幾句話翻來覆去，也不管來客是否在聽。

老頭嘴裡一邊叨唸，滿是青筋、細瘦如雞爪的雙手也沒閒著，他掀開鍋蓋，白茫茫的水蒸汽升起，浮散在夜色中。有那麼一瞬間，老頭兒的臉被霧濛濛的蒸氣籠罩，竟顯得有些恍惚且神秘。

這樣的一刻一閃即過，因為老頭兒立即俐落地撒下一大把生餛飩到沸騰的熱水裡，在等餛飩煮熟的空檔，他把少許豬油、醬油、鹽和味精，分別舀到我們自備的大碗裡，還把碗公轉了轉，好像在把它調整成用來最順手或看來最順眼的位置。接著，他從湯鍋裡舀出一大杓高湯，沖到碗裡，再撒上蔥花。這個時候，餛飩多半就快煮熟，老頭兒又拾起小木槌，敲起他的木頭梆子，一下又一下，節奏和著他口中反覆的那幾句詞，倒也自成旋律。

他一邊敲著梆子，一邊凝視著熱氣氤氳的鍋面，待餛飩一浮出，立即放下木槌，拿起鐵網漏杓，伸進鍋中撈了一圈。大如乒乓球、皮已呈半透明的餛飩，一個也不少，全進了漏杓裡。老頭兒在鍋沿敲敲漏杓底，讓多餘的水分流回鍋，這才把餛飩滑進剛才調好味的湯裡。

我和姊姊付了錢，小心翼翼地端起七、八分滿的大湯碗，餛飩湯的鮮香氣味撲鼻襲來，讓本來並不很餓的我食指大動。我們雖已垂涎欲滴，一心只想快點嘗到美味，仍然慢慢地走，唯恐腳步太快，一不留心竟灑了湯。

我們方轉身往家門方向開步走，梆子聲便又從身後慢悠悠地響起；當我們爬回四樓時，梆子聲已飄然遠去。

我們把熱呼呼的餛飩湯捧進房裡，在書桌上疊放的書籍、文具堆裡，勉強清出一方空間，從廚房裡取出兩根湯匙，開始你一口、我一口地分食。

老頭兒賣的餛飩，外表看來一點兒也不稀奇，就是尋常的機器餛飩皮包著豬肉餡，可是餡子裡不知擺了什麼特別的佐料或香料，或許和小籠包一樣，摻有肉凍，因為這餛飩一口咬下，會有頂鮮的肉湯流出，在齒頰間纏繞，連吃好幾個也不會嫌膩。那高湯之美也不在話下，由大骨熬煉而成，近乎乳白，濃香不腥臊，撒少許白胡椒更是鮮美，有提味之效。

有時候，姊姊會一邊吃一邊神態飛揚地敘述她那一陣子遇見的新鮮事，或前不久認識的有趣人物。成天只能和教科書為伍的我，聽了好生嚮往，恨不得立刻脫去土氣的白衣黑裙制服，換上花洋裝，變成和姊姊一樣自由自在的大女孩。

當時快滿十七歲的我，當然無法預見，當我真的做了好些自認有意思的事，結交許多各具典型的朋友時，竟會回過頭來，懷念起和大姊在溫暖的燈下分食餛飩時，對不可知的未來充滿樂觀憧憬的那份單純天真的心情。

夏天過後，我果真考上一所號稱菁英的學府，世界霎時變得好大，不再只是水泥公寓的家與黃磁磚建築裡的女子中學，我漸漸不甘於駐足於我那窄小的臥房中，常常在學校社團辦公室、咖啡館、朋友與同學家，或所有我覺得比較好玩的地方，高談闊論直至夜深，才意猶未盡地打道回府，回家以後往往還抓起電話，喋喋不休方才未竟的話題。姊姊這時已走出校門，離家獨立生活，再也沒有人半夜來到我的房間，邀我一同下樓買餛飩，有好長一段時間，我沒有再聽見曾經聲聲扣動心弦的梆子聲。

我當然明白，梆子當時仍在夜台北的若干角落中一聲聲地敲著，只是我飛揚的心已被其他事物占據，耳朵哪還聽得進。而今，十餘年又已悄然流逝，我和姊姊各自有了自己的生活和家庭，姊妹倆偶爾憶起舊時滋味，總禁不住懷念那一碗熱呼呼的餛飩湯。只是，不知道從什麼時候開始，夜闌時分再也聽不見幽然的梆子聲，再也尋不到老人寂寞的身影。我想，老人怕早已故世了吧。

那靜夜裡如泣如訴的梆子聲，已化為少女時代一抹漸去漸遠的回憶。

這一篇，是筆耕生涯早期的作品，那會兒，青春還不算太久遠以前的事，文章的敘事者雖不至於「為賦新詞強說愁」，但是看在如今早已不年輕的作者眼中，似乎有點「感情用事」（sentimental），且形容詞多了一點。可是，倘若換個角度想，文章從而保留比今日更濃烈的文藝氣質和青春氣息。

因此決定，作者眼下以為不必要的形容詞，一律不刪改，藉以紀念昔日的高中女生，還有當年剛開始寫作飲食散文的年輕女子。

凱撒不在義大利

第一次吃到凱撒沙拉，我已經不算很小，但較之今日的年紀，又真是年輕。

彼時，我大學畢業四年不到，工作尚稱如意，和交往五年的男友感情穩定，認定對方會是共度未來的伴侶。簡單一句話，當時的我對自己的人生滿意得不得了。

滿廿五歲那一天，男友在台北東區一家歐式高級餐廳訂了位，替我慶生。那一天從頭到尾吃了什麼，印象已有點模糊，卻清楚記得凱撒沙拉這一味，以及當時欣賞到的現場「表演」。

這家餐廳的凱撒沙拉最少得點兩人份，由餐廳領班在桌邊當場製作醬汁並拌沙拉。只見那領班穿著黑色燕尾服似的制服，頸前還繫了「啾啾」蝴蝶領結，神色莊重地推著一部小餐車，來到我們的桌旁。餐車上擺了兩只大碗，一只盛了已撕成小片的蘿蔓萵苣，另一只碗是空的，一旁還有瓶瓶罐罐、小盤小碟，搞不清是啥玩意。「請問兩位的醬汁味道要重一點還是淡一點？」領班問。

我沒吃過凱撒沙拉，哪裡會曉得味道該怎麼調，遂要男友決定。他先前不久才赴美國出差兩週，很有把握地說：「我要味道重一點，蒜頭多一點。」「我在舊金山的義大利館子吃到這種沙拉，很喜歡，我想你一定也覺得好吃。」男友轉回頭來，對我解釋說。

這時，啾啾領班已在空碗裡加進了好幾種佐料，用打蛋器不住地攪打。他神情專注，動作熟練俐落，只見手腕轉動，身子卻不會跟著左晃右動，倒也優雅。接著下來，他把生菜倒進大碗裡，和方才打好的醬汁一起攪拌均勻，最後撒上麵包丁和乾酪屑，稍微再拌一下，挑起兩三片生菜，盛在小碟上，遞給男友。「請您嘗嘗味道還可以嗎？」

男友嘗了一口，點點頭，「很好，沒問題。」

領班遂把大碗中的沙拉分至兩個碟子裡，端至我們面前。

「兩位的凱撒沙拉，蒜味加重，請慢用。」

我拾起叉子，把這現做現吃的沙拉送進嘴裡，蒜味有些太重，幸而萵苣清脆的口感與微微帶苦的草葉香，調和了生蒜嗆口的滋味。那醬汁酸中略甜，其中有種陌生的味道，很像發酵的鹹魚，但不像蝦醬或魚露腥味那麼強。就是我所未曾嘗過的這種奇妙的滋味，讓這盤外觀其實有點平淡的沙拉，吃來齒頰留香；後來翻食譜，才知道這味道來自一種產自溫暖海域的油漬小鹹魚，英文名叫 anchovy，中文譯成鯷魚，但也有譯為鳳尾魚的。

記得這一份凱撒沙拉的定價，硬是比菜單上所列其他各式沙拉貴了近一成，我把這多出來的價錢，當成欣賞領班靈活手藝的娛樂費。

首嘗凱撒沙拉時，美式大眾連鎖餐廳尚未進軍台灣，像我這樣只聞其名卻從未吃過凱撒沙拉的，大有人在。不久以後，從美國原封搬來的 Friday's 連鎖餐廳一家家營業了，風格類似的 Dan Ryan's 和 Tony Roma's，也紛紛來到台北。凡此種種供應大份量美國菜的餐廳，夾帶著美式生活風尚，逐漸出現在台灣各大都市。越來越多人發覺，除了漢堡、炸雞外，美國人也愛吃烤豬肋排、墨西哥辣醬玉米片，以及凱撒沙拉。

而其中蒜味濃重的凱撒沙拉，更讓不少本就愛蒜味的台灣人為之傾倒，一直以為所謂沙拉者，就是把一大匙粉紅色千島醬，淋到一大盤什錦生菜上的人，從此明白，原來還有一種沙拉，看不到黏稠的醬汁，並且以古羅馬皇帝為名。

時至今日，凱撒沙拉在台灣西式餐飲界已相當普及，除了稍具規模的西餐廳少不得這道沙拉外，連速食店都有供應。一年多前，經過一家速食店門前，赫然見到一張宣傳凱撒沙拉特餐的海報，其價格之廉，我首次吃凱撒沙拉的那家歐式餐廳，當然無法與之較量。至於滋味如何，到目前為止，我還提不起勇氣嘗試。

我有我的原因，由多樣材料混合製成的凱撒沙拉醬，味道細膩而爽口，我在國內外試過不少現成瓶裝凱撒沙拉汁，就是不對勁，一點兒也沒有現場調製的凱撒沙拉那股雋永的香味。而不用想也知道，講求速效的速食店，哪有時間現點現做沙拉呢！

索性自己動手做，翻閱不同的食譜，查閱一些資料後，才發現一般以為源自義大利的這道生菜沙拉，其實是二十世紀三〇年代，由美國、墨西哥邊境一家義大利餐廳名廚所創製，和那位著名的羅馬皇帝一點關係也沒有，之所以取名凱撒，是因為發明此餚的大師傅名叫凱撒．卡迪尼（Caesar Cardini）。

創始口味的凱撒沙拉，不放鯷魚，只有蘿蔓萵苣、蒜頭、橄欖油、麵包丁、乾酪和一種叫 Worcestershire sauce 的英國調味醬料，此醬名稱聽來陌生，其實就是平價牛排店常有，滋味酸中帶甜，色澤近似醬油的「辣醬油」（或稱辣香醋）。

凱撒沙拉後來回流至義大利，出現在美國觀光客多的館子裡，不過義大利本土版的沙拉，常常並未加辣醬油，而較常用一般的紅酒醋。我一向偏愛義大利味，碰到凱撒沙拉卻變了心，成了唯「美」派，原因無他，關鍵就在於從小吃到大，到廣式茶樓飲茶時，一定要拿來蘸炸春捲或芋角的辣醬油。於是我綜合不同版本的食譜，開始試做這道常被誤認為義大利菜的美國沙拉。

通常端上桌的凱撒沙拉，往往只看得到蘿蔓萵苣和烤過的麵包丁，偶也有加培根屑和切片白煮蛋的，乍看之下略顯單調，入口後方知其味複雜多層次，原來醬汁是由好幾種調味料調和而成。蒜頭、辣醬油、橄欖油少不了，還得淋點檸檬汁、撒些義大利巴馬乾酪屑和黑胡椒增香提味。有的食譜叫人加生雞蛋，增加醬汁的稠度和潤滑，我因為害怕生蛋受沙門氏菌感染，通常不加。至於鯷魚，雖然卡迪尼的原版凱撒沙拉裡頭並沒加，但我偏嗜其味，不嫌多，只怕不夠，所以調醬汁時只加鯷魚而不撒鹽，醃鯷魚本身已相當的鹹。

第一步當然得把生菜葉洗淨，撕成易入口的小片，包在乾淨的大布巾或浴巾裡前後甩動，以甩脫菜葉上多餘的水分，接著把處理好的生菜包妥在塑膠袋或保鮮盒裡，冷藏至少一個鐘頭，以使之口感較脆爽。曾經在台北一家據說是日本分店的時髦館子裡，吃到整顆生菜上桌的凱撒沙拉，上頭淋了醬汁，食用前得先用刀叉分切而食，好像在吃牛排，別桌客人都吃得津津有味，我卻很不以為然，要知道，生菜類的沙拉除了材料得鮮脆爽口外，拌的功夫也很重要，這一大顆萵苣卻讓我不知該從何下手拌起。這處店家號稱供應的是經過日本人「改良」的義大利菜，不曉得他們知不知道，凱撒沙拉從來就不是義大利菜哩！

閒話休提，還是回到正題上，等生菜涼透，就可以調醬汁了。

一般說來，一顆大的蘿曼萵苣配兩粒蒜頭，不喜蒜味的當然可以減少，蒜頭需壓成泥，或切成極細的碎末，混入半小罐瀝去餘油細細搗壓的鯷魚末，攪勻，加入一個黃皮檸檬擠出的汁（或大半個青皮萊姆的汁，萊姆比檸檬酸，因此所需的份量較少），淋上二小匙辣醬油和少許黑胡椒，最好用新鮮研磨的胡椒，比較香；稍加攪拌後，注入八大匙左右的橄欖油，用打蛋器打至均勻，宜用色澤碧綠的一次冷榨精純橄欖油，價格雖比普通橄欖油貴，但滋味較辛香，值得多花些代價。

接下來生菜自冰箱取出，置大碗中和醬汁拌和，多拌一會兒，讓醬汁平均分布沾染到菜葉上，再把起碼五大匙巴馬乾酪屑或絲，和一把烤過或炸過的去皮麵包丁拌進去，接著鋪上切片的白煮蛋，以及剩餘的另半罐瀝了油但保持原形的鯷魚柳，凱撒沙拉於焉大功告成。

我偶爾會宴請三、兩好友時，當著大家的面，調製這道沙拉，動作或許沒有當年那位啾啾領班那麼典雅，不過還算像模像樣，故也頗受好評。

從我頭一回吃到凱撒沙拉以來，中間不知發生了多少變遷；我和男友之間曾經熾熱的戀情，早已化為平淡，幾年前終因另一名女性的介入而分手。失去了愛情，反而掙脫了牽絆與壓制，我這才看見自己其實渴望自由與挑戰，於是離開當年安定的工作單位，轉赴似乎更具「前瞻性」的外商公司任職，從而察覺辦公室權力遊戲的微妙和詭詐，見識人性自私好鬥的一面，遂不再迷失於跨國企業用資本構築的黃金光環中，回家走進書房和廚房，自得其樂地一頭栽進寫作飲食文字和筆譯的工作，更在跨入「前中年期」的時候，決定移居異國，隨同心愛的人過更清淡簡單的日子。

我和昔日男友仍維持著有距離的交情，每隔一年半載總會和他吃一次飯，也回到過當年的歐洲餐廳，只是不知道為什麼，我們都沒再點凱撒沙拉。

準備搬離台灣時，手帕交約我一道兒吃午餐，地點就是那家餐廳。天氣很熱，我們都沒什麼胃口，朋友建議來兩份凱撒沙拉，分享一份套餐，餐後再各自來杯咖啡。我毫無異議，欣然從命。

服務生端上湯和麵包後，啾啾領班十餘年如一日，依舊意態從容地走到我們的桌前。「請問兩位的沙拉味道要重一點或淡一點？」

「美食專家，你看呢？」老友半開玩笑地說。

「好吧，我就當仁不讓了，不喜歡的話，可別怪我哦！」我含笑告訴朋友，然後偏過頭去對領班說，「不要太重，也不要太淡，蒜頭少一點。」常常在家自製凱撒沙拉，我早已知道自己喜歡什麼樣的口味。

領班頷首，說：「好的，請稍待。」隨即又煞有介事，以跳維也納華爾滋般的姿態，優雅地滑回到他的小餐車旁。

我和朋友忍著笑，舉起水杯互敬，開始喝湯，並等待凱撒沙拉。

）

寫此文時，我建議將「生菜葉洗淨，撕成易入口的小片，包在乾淨的大布巾或浴巾裡前後甩動，以甩脫菜葉上多餘的水分」，那是因為寫作此文時，台灣尚無歐美或日本的家具家飾連鎖店，市面上很難找專門用來洗菜並甩乾菜葉多餘水分的「沙拉脫水器」（salad spinner）。眼下，時代大不同，上網都買得到，這不知算不算台灣飲食習慣較前西化的小小例子呢？

日安，巴黎尚皮耶

上午九點，巴黎早已自昨夜酣暢的睡夢中醒來，車聲逐漸喧譁，陽光也益發熾烈光燦。我坐在塞納河畔的咖啡座裡，把外層香酥、內裡柔綿且略帶勁道的 croissant，浸在一大杯香濃的牛奶咖啡裡，忽然想起生在諾曼第古堡、長於巴黎右岸老公寓的尚皮耶。

這樣的吃法是尚皮耶教給我的，棕髮藍眼的尚皮耶，能夠用鋼琴彈奏爵士風蓋希文樂曲的尚皮耶。

初識尚皮耶是在台北，秋季的某一天。

午後的氣溫已不再燠熱難挨，偶爾有微風穿拂過迴廊，吹進向著網球場的教室，像纖細柔軟的手指，輕撫著我額前的劉海、頸上的寒毛。球場上有人在上體育課，隔著一段距離，看得見穿著白色運動衣褲的人影晃動遊移，球穿越過網的聲音，卻聽不太真切。

上的是法文課，我心不在焉地聽著同學用生硬的法語回答老師的問題，思緒漫無邊際地遊走於課堂內外，有那麼一瞬間，好像瞥見一抹淺藍色的瘦長身影，在教室門口一閃而過，定睛一看，卻只見廊外的綠蔭正迎風輕搖。

好不容易敲下課鈴了，有個穿牛仔布襯衫的身影，自迴廊另一頭出現，走到教室門邊，和老師打了招呼，兩人用法語嘰哩咕嚕地交談。

我收拾好教科書和筆記本，逕自穿過兩人身旁，卻被老師叫住，說：「這是尚皮耶，剛從巴黎來台北學中文，現在十句有九句聽不懂，英語倒是能說，因此想找個會英語的台灣學生交換語言。」老師曉得我法語程度雖不怎麼樣，講英語卻不成問題。

我就這麼認識來自巴黎的尚皮耶，那時我十九歲，尚皮耶比我還小兩個月。

交換語言的頭一堂課，星期天上午，我拿著尚皮耶口述給我的地址，先換了兩趟公車，跟著徒步穿梭在雜亂停放摩托車的巷道中，對著門牌一一張望，七拐八轉，終於找到尚皮耶和巴黎同鄉合租的公寓，那是近郊衛星城市住宅區常見的四層樓房，灰撲撲的碎石子外牆上，開著一扇扇鋁門窗，窗上當然安裝著防盜鐵窗。

和暖的日光透過百葉窗在區分廚房和客廳的早餐桌上，畫出一道道斜斜的光影。尚皮耶的室友向我們道別，出門約會去了。濃郁的咖啡香，伴隨著邁爾斯．戴維斯吹奏〈April in Paris〉的小號聲，在屋內恣意流蕩，把所有的市囂、機車行駛過時帶起的砂土灰塵和巷口小吃店煉豬油的腥膩油味，統統擋在門外了。

尚皮耶用略帶法國腔的英語說：「來，先來喝咖啡吧！還有我昨晚在亞都飯店買回來的 croissant，剛剛又放進小烤箱裡回熱，味道滿道地，就像巴黎的。」

窄小卻收拾整齊的餐桌上，擺了兩個淺黃色的陶碗，比中式的飯碗大一點，可又比麵碗小。同色的碟子上，擱著烤得通體金黃的蓬鬆新月形酥皮麵包。

尚皮耶把黑咖啡傾倒在碗中，隨即注入同等份量的熱牛奶，抬頭對我燦爛一笑，露出一口編貝般的潔白牙齒。「這是法國人最典型的早餐，一天有這樣美味的開始，才會讓人有活力去處理外面的生活。」

尚皮耶隔桌在我對面坐下，慢斯條理地示範吃法。適合彈琴的修長手指輕輕撕下 croissant 的一角，浸在不加糖的牛奶咖啡裡，質地酥鬆的麵包，立即吸飽奶褐色的液體，尚皮耶把蘸了咖啡的 croissant 送入口中，咀嚼了兩下，將麵包碟推向我，說：「試試看，像不像你們的豆漿加油條。」

在那個初秋的晴日，我們從上午至下午，就著咖啡、croissant 和乳酪，用兩人都應付得來的英語，大談邁爾斯的爵士樂、布烈松和侯麥的電影，以及台北和巴黎不同的生活面貌，卻有意無意地避免提醒對方，是不是該上法文或中文課了呢？

直到現在，我依然不明白，是不是去尚皮耶家，和他共進第一頓咖啡加 croissant 早餐的那一天，我就已經愛上，或自以為愛上這個從遙遠異國來的大男孩？說不定，我只是被 croissant 蘸咖啡的香味，以及公寓裡那股超脫現實的氣氛所迷惑了吧？

彼時的台北雖已急速富庶，但離幾近全民參與股市金錢遊戲的時代還有兩、三年時間，許多異國的、時髦的事物，比方設計師名牌時裝、美式速食，也都剛剛起步，尚未全面普及。那會兒，要找到尚皮耶認可的像樣 croissant，除了上大飯店的烘焙屋外，並不很容易，可不像現在，即便是街角的尋常麵包店，八成都有得賣。有的叫可鬆，也有叫可頌的，皆以音譯；我還看過一家大麵包店，把 croissant 取名為「丹麥」可酥，不由得納悶起來，這種酥皮麵包據稱是十七世紀時起源於奧地利，爾後在二十世紀初由法國烘焙師傅改良而成當前的模樣，它是什麼時候移民到北歐去了？

在那個還算樸素的時代，猶是學生的我們自然負擔不起天天吃大飯店烘焙的麵包，往往一兩個星期到亞都一次，買四個 croissant 和一根長棍形的 baguette 脆皮麵包，回去配咖啡。

尚皮耶堅持將這鬆酥的麵包先蘸過咖啡才送進嘴裡；我卻覺得老是同樣的食法不好玩，時常變花樣。有時學他，把麵包稍泡軟才入口；有時空口單吃，以細品奶油的香醇滋味。偶爾還把 croissant 攔腰橫切成兩片，做成三明治，中間夾乳酪、火腿、生菜、肉鬆或滷蛋，以及各式各樣我猜想可能好吃的餡料，比方香蕉，並自詡很有創意與實驗精神。每逢此時，尚皮耶總是嘆口氣，搖搖頭。平日隨和的他，對於法國食物，有著巴黎人的堅持和驕傲，見不得「外國人」拿法國美食文化瞎整。

出爐不久的 croissant 溫熱香酥、油而不膩，放久了卻會吸收空氣裡的濕氣，「疲」掉了，軟軟的很沒勁，吃來全不是滋味。台北空氣潮濕，croissant 通常隔個兩天即變得難以下嚥，就算用烤箱回熱也沒救。

而我們青澀的戀情，只比 croissant 變軟的速度慢了一點。

隨著時日演進，我和尚皮耶了解越深，摩擦卻越多，異國戀初時的新鮮和興奮，終究填補不了文化隔閡在我們之間形成的鴻溝。加上當時台灣社會的傳統禮教限制尚未完全鬆綁，黑髮黃膚的我和白皮膚的他走在馬路上，時時引人側目。尚皮耶來自尊重個人主義國度，絲毫不在意路人的眼光，喜歡親暱地輕攬著女友的腰。偏偏我當時太年輕，欠缺自信，老擔心別人會以為我是那種酒吧裡專門勾搭老外的崇洋女子，故總是把他的手推開，刻意要與男友保持距離。

尚皮耶初時還能勉強忍耐我對路人眼光的敏感，後來越來越不願意接受，有一回我又試圖擺脫擁抱時，他終於按捺不住，嚴肅地對我說：「放鬆一點吧，為什麼要這麼在意別人怎樣看你？我還以為你和別的保守拘謹的台灣女生不一樣，算是我看錯了你。」

委屈、憤怒和某種模糊的民族自尊心，促使我扭頭就走，發誓再也不要見到這個可惡、自私又自大的白種人。

尚皮耶後來打了幾次電話來，約我去博物館，或者再到亞都買 croissant，我都是冷冷地推辭，他漸漸不再打來，我們遂不再聯絡。

幾個月以後，大年初四吧，我和一票同學湊熱鬧到西門町看賀歲電影。等候進場時，遠遠看到那個許久未見的瘦高身影，在人群中忽隱忽現，朝著我的方向走來，唇邊依稀掛著一抹靦腆的微笑。

在一波又一波的人潮中，所有的嬉笑聲、車聲和唱片行擴音器裡聲嘶力竭的賀年歌聲，彷彿都沉靜了下來。有短短的一刻，我以為世界又只剩下了我們兩個，戀情萌芽時期的心悸和不安好像又湧上來了。

當他果真走近，來到我的面前，我抬起頭來望著他，心疼的感覺卻消失了。取而代之的，是無怨、無恨、無喜、無悲、無嗔、無癡的空白，淡淡一句「好久不見」，接著便一陣沉默。

我們竟已無話可說。

又過了一陣子，即將過二十歲生日的尚皮耶，決定回法國完成未竟的大學學業，臨走前用洋腔洋調的國語，打電話同我道別。

那是我頭一回聽他說中文，也是最後一次。熟悉的語言，聽在耳裡卻異樣的陌生，從來不肯向我說中文的尚皮耶，終於用我的母語跟我交談，然而我們都明白，一切都太遲了。

我依然喜歡吃 croissant，也照樣愛在吃法上變花招。後來又談了別的戀愛的我，有意無意間逐漸淡忘那一段還沒來得及成熟即已爆裂的異國之戀。直到這個初夏的早晨，在巴黎的磚石街道旁，我把新鮮出爐的 croissant，浸到牛奶咖啡裡，不知怎的竟想起巴黎的尚皮耶、多年前的那第一個週日上午，以及我們曾短暫共度的年少時光。

Bonjour, Jean-Pierre，日安，尚皮耶。你在巴黎嗎？你過得好不好？

我無從得知答案，也不想探索，生怕潛藏多時的青春記憶，一旦曝曬在現實的刺目陽光下，只會露出歲月所銘刻的千瘡百孔。

我始終沒有學會一口流利的法語……

如果真正的戀情不該只有心動，往往也會有心痛，那麼和法國男孩的青澀戀情，應該就是我的初戀。

這篇亦是寫作生涯較早期的作品，如今事隔多年，幾已忘卻自己也曾是「純情少女」，必須謝謝當年拾筆記下初戀往事的自己。

所謂飲食作家的前世

一九九二年秋天一個有風的傍晚，有個失意的人半夢半醒地躺在離地面約二十公分的床墊上，一隻小老鼠旁若無人地爬上她散落在枕上的髮絲，人鼠之間的距離不到兩公分，此人倏地彈起，尖叫出聲，聲音之淒厲，把老鼠也嚇得吱吱叫著往牆邊一竄，轉瞬不見蹤影。人鼠雙方在幾近魂飛魄散之餘，誰也沒料到，就在那一剎那，這個人的人生從此轉了彎，一兩年後，她竟然成了所謂的作家——儘管在那之前，她尚需歷經一段類似狗仔隊的生涯。

而那個人，當然就是我。

還記得當時我一個箭步衝到浴室，狠命搓洗我那一頭被鼠爪沾污的及腰長髮，邊洗邊認真考慮要不要乾脆找家髮廊把頭髮剪掉算了。在用了快半罐洗髮精後，我頭上包著浴巾，坐在小客廳裡，終於下定決心，剪髮非解決困境之道，釜底抽薪之計是，搬家。

就在那鼠輩闖進臥室的幾個月以前，我和大學時代開始交往的男友因第三者的介入而分手。他把私人物品通通搬走後，我一方面耽溺在自艾自憐當中，一方面也一直在考慮著要不要搬離租處，屋裡有太多感傷的回憶了。

然而我從小便是個意志不堅、欠缺行動力的「豎仔」，始終拿不定主意，就這樣猶豫不決，一天拖過一天，直到那一晚，那隻鬼使神差的老鼠當頭棒喝，猛然嚇醒了我：再不割除惰性，再這樣渾渾噩噩過日子，我就完蛋了。正好親戚有間小公寓空著，看我一副可憐模樣，便宜租給我，過了數日，我搬進台北東區邊緣的大樓住宅。

新家並不大，家具設施卻齊全，尤其是開放式廚房完全可用「麻雀雖小、五臟俱全」來形容，流理檯、瓦斯爐、冰箱這些基本設備就不必說了，甚至連一般家庭沒有的烤箱也有，還是那種安在爐台下的歐美式大烤箱。不過，我因為情傷仍未平復，無心下廚，小廚房就被我晾在那兒，充其量拿來做做簡單的早餐或下碗麵，直到有天夜裡，我輾轉反側到自己都受不了，索性起床泡茶吃點心，偏偏餅乾受潮，沒法吃，而我橫豎睡不著，就參考食譜書，利用手邊現成的材料，烤出了一大盤甜餅。

這一烤，烤出了興趣，只因為烹飪是多麼令人驚喜的一件事，你只要有一點麵粉、油、糖和兩顆雞蛋，按部就班地操作，就可以像施展魔法般變出香噴噴的餅乾。烹飪又是多麼叫人安心的一件事，一條魚永遠是一條魚，不論紅燒、清蒸或乾煎，它絕對不會變成炒青菜或麻婆豆腐，我這個烹魚的人唯一能做的，就是用心、專心燒好這一盤魚，而在這洗切炒煮的過程中，我心底種種的糾結似也慢慢地打開了，那或是烹飪這件事對我最好的回報；曾經惶恐又失意的我，總算在廚房裡找到我的「小確幸」。我從此樂在下廚，也在無心插柳的情況下，為後來的食物書寫奠定了基礎。

精神既已振作，我決定為改變人生跨出下一步。說來也巧，任職的《聯合晚報》當時恰好有個採訪記者缺，我提出申請，就這樣從內勤的編譯，搖身一變為成天得跑來跑去的影劇記者。由於專長是英語，又愛聽音樂，愛看電影，遂主跑外語音樂、外語電影線，兼及表演藝術。

算我運氣好，跑線不久就碰到大新聞，麥可．傑克森將在一九九三年九月來台演出，那時這位「流行樂之王」疑似戀童的新聞尚未爆發，聲勢如日中天，他來台肯定是各報互相較勁的大事。主管一聲令下，「天王」人還沒來台北，我就一連寫了六篇連載稿，概述其人截至當時為止的星海生涯。前不久麥可猝逝，我那六篇稿子被編輯從檔案中翻出，登上電子報，我一看簡直要臉紅，哪裡是「本報記者韓良憶特稿」，根本就是英翻中資料整理。

過了三個月左右，天王來了，他的好友「玉婆」伊麗莎白．泰勒也帶著當時的丈夫同行。各報紛紛派員進駐他們下榻的五星旅館，其中包括《聯晚》，只不過「大報」都是好幾位記者團體作戰，晚報人力有限，就我這個菜鳥記者作先鋒。我拎著幾件換洗衣服住進了豪華大飯店，開始打起生平第一場真正的新聞戰。然而因為人單力薄，迫不得已只能另闢蹊徑，專去別的記者懶得去或判斷不必去的地方打探消息。

有一天傍晚，大夥全擠在飯店大門口、車道出口等候天王出飯店，我想他既要出門總得搭車，便一個人逛到地下樓停車場，那兒倒沒什麼人，只有同報系一位支援的記者、零星數位歌迷和飯店員工。我剛站定，還在東張西望時，電梯門開了，戴著墨鏡、一身軍服式標準打扮的天王走出來，視線似乎正朝我投來，我情急之下，開口便用英語蠢呆地說：「願上帝保佑你，傑克森先生。」他轉過頭來看著五、六呎以外的我，輕聲地說：「哦，謝謝你。」

「歡迎你來台北，你覺得這裡還好嗎？」我趕緊補上一句。天王露出淺淺的微笑，「我很喜歡台北（I love it here, Taipei）。」（多麼制式的回答！）

他話才說出口，人就被保鑣簇擁著坐上了車。短短幾句對話被我寫成新聞，成了第二天晚報的小「獨家」，文中卻未提到我從頭到尾都一副路人模樣，根本未對他表明我的記者身分，而今回頭一瞧，如此行徑和今日的狗仔隊似也相去不遠。

像狗仔也好，還算不上狗仔也罷，總之我在報社站穩腳步，煞有介事地當起影劇記者。彼時中國大陸市場尚未崛起，台灣消費能力高，對國際娛樂企業而言算得上亞洲重要的市場，我因而在短短不到四年的記者生涯中，有機會在海內外近距離接觸、專訪過不少外國大牌演藝人員，印象較深的有日本的動畫大師宮崎駿、英國歌手史汀和影星艾瑪．湯普森、美國的R.E.M.合唱團、爵士樂手溫頓．馬沙利斯、導演奧立佛．史東，還有丹佐．華盛頓、華倫．比堤、基努．李維等大牌影星，以及後來當上加州州長的阿諾．史瓦辛格等，真是族繁不及備載。

而同我「距離」最近的，還是麥可．傑克森，那距離甚且是零。

一九九六年十月，傑克森二度來台演唱，儘管當時他已備受醜聞困擾，但台灣歌迷依然熱愛這位天王，演唱會又是大轟動，這一回更南下高雄演出，台北的影劇記者緊追不捨，隨之前進南台灣，這一回還多了不少電子媒體，因為就在天王兩次來台間，台灣有線電視漸成氣候，成立了娛樂綜藝頻道，出現像《娛樂新聞》這樣的節目。

到了高雄後某一天，唱片公司透露天王下午可能到某賣場購物，眾家平面和電子媒體記者聞風紛紛前往，進入賣場就戰鬥位置。我呢，沒事人一樣，蹓躂到賣場後方的個人清潔用品區，磨磨蹭蹭，打算買罐洗髮精，南下前打包行李時忘了帶，而高雄好熱，晚上採訪完不洗個頭怎麼行？這是多麼重要的一件事哇！

每一牌的洗髮精我都拿起來端詳檢查一番再放下，好不容易挑中一罐，才施施然走向收銀台。咦，怎麼整個賣場靜悄悄，方才鬧哄哄各就各位的記者那會兒全在外頭隔著玻璃窗向內張望。我往大門口一瞧，走進來的不正是戴著帽子和口罩的麥可．傑克森嘛，他的後方三呎處有位高大的光頭保鑣，亦步亦趨，四下打量。我頓時明白，這裡清過場，記者全被請出門外，僅餘我這個手拎著洗髮精的漏網之魚。

保鑣守在近門處，繼續警戒，我將錯就錯，做出一副逛大街的模樣，東摸摸西摸摸，在賣場裡晃蕩，逐漸朝天王方向前進。麥可買了一些光碟之類的物品後，走到鐘錶櫃前，離我只有三、四米，而保鑣仍在門邊。麥可開口向店員說了什麼，很小聲，不懂英語的售貨小姐一臉緊張的表情。

機不可失，我簡直是衝了過去，與他並肩而立，說：「可以的話，我來翻譯吧。」他看了我一眼，和善的眼神似乎有一點困惑，但仍緩緩地說：「請問這裡有沒有螢光的 G-Shock？我想看看。」透過口罩傳來的聲音細細尖尖，有點有氣無力。

我照本宣科翻譯完畢，售貨員拿出一只錶，麥可接過去握在手中端詳，我一看機會又來了，一面伸手半遮錶面擋光，一面說：「你看，亮亮的，有螢光。」我的手蓋在麥可露在衣袖外的手上，那裡的皮膚白皙得近乎透明。此舉大約是壓垮駱駝的最後一根稻草，天王輕輕說了聲謝謝便轉身離去，走出賣場。在將近十三年後，麥可・傑克森遽然離世後的此刻，那如同被風捲起般飄走的背影是那麼不真實，卻又猶在眼前。

這條新聞我發了，卻是輕描淡寫，並未按當時兩大影劇報的作風，炒作成「獨家貼身採訪」，倒不是我變得比較不狗仔了，而是對工作已生倦意，覺得影劇記者生涯原是夢，不時自我質疑這些消費明星名流的花絮、八卦，除了茶餘飯後可以閒嗑牙以外，對我、對別人有什麼意義呢？那一回與天王的零距離接觸，與其說是善盡記者職責，不如說是自覺地在演一場戲：窗外眾目睽睽，我至少該扮出認真採訪的樣子吧。

而就在那之前不久，我到當時開播不久的台北愛樂電台採訪時，很不務正業的花了大半時間和電台台長大聊特聊在家聽古典樂做菜的心得，意外博得青睞，應邀主持起一個名叫《羅西尼的台灣廚房》的節目，每週末晚上在空中播音樂講美食，偷渡我對吃東西這件日常生活要事的想法和態度，為我日後成為所謂飲食作家埋下伏筆。

麥可離開台灣的三個多月後，我辭去報社的工作，結束並不輝煌的類狗仔記者生涯，旋即在《中國時報》的〈娛樂週報〉版撰寫與電台節目同步同名的專欄。雖說在前此一年多期間，我已陸續發表過幾篇食物散文，這個固定的報紙專欄卻更大力地推了我一把，讓我正式踏進彼時尚有點冷清的飲食寫作江湖，也促成我日後出版《羅西尼的音樂廚房》這本食書，至於這片江湖後來竟會發展成當今這般百家爭鳴、各顯神通的盛況，則當然是我始料未及的事。

往事歷歷，歸根究底，我是不是該感謝那隻「相愛相殺」的小老鼠？沒有牠的橫衝直撞，可能就沒有後來變成飲食作家的我。（但是，在此衷心祈願，鼠輩，不論死活，都離我遠一點！）

只要不忘就好

整理舊物，翻出一張照片，是我和張國榮的合影，不知何時塞進這一堆不相干的文件中。

年輕時在台灣跑過影劇新聞，前後兩家媒體、兩段記者生涯，加起來五年吧，像小粉絲一樣地與明星合照，卻只有三、四次，這是其中一次。

照片上的我剛大學畢業，因為早讀一年，才二十一歲，在一家類似八卦週刊的雜誌工作不久。和我緊挨而坐的，是張國榮，那會兒他尚未演出《胭脂扣》中的十二少，還不是名叫旭仔的「阿飛」，更非後來《春光乍洩》中那放浪任性到令人心疼的何寶榮，但是在香港已算是大明星，他那一回來台灣，是為了宣傳他第一或第二張國語唱片。

記得是在希爾頓大飯店做的專訪，我跟著大家叫他 Leslie，那是他的洋名；他被人暱稱為「哥哥」，是以後的事。彼時我剛出社會，很嫩，沒有多少經驗，坦白講並不懂採訪之道，尤其不善於挖掘就算不夠聳動、但在上司心目中勉強仍有「可讀性」的題材。

我唯一擁有的，是初生之犢的莽撞和膽量，坐在大明星對面，絲毫不怯場。兩人先是嘻嘻哈哈，互相恭維對方當天的穿著，後來不知怎的談起彼此都看過的小說、電影與聽過的音樂，發覺他在某種程度上有「文青」氣質，和我截至那時為止採訪過的其他藝人多少有些不同，然而這個發現以及訪談的內容，對寫娛樂新聞一點幫助也沒有。

也許是聊得很愉快，更可能是張國榮做人面面俱到，訪問結束拍完照，我該收工走人時，他說：「你別走，等一下一起去吃宵夜。」原來唱片公司已替他約好幾位日報記者，待報社截稿後要在中山醫院附近一家台菜餐廳聚會，吃清粥小菜。

我把摘記訪談內容的筆記本收進包包裡，兩人倚在沙發座上又聊了起來。這一回他講了兒時和幫傭「六姊」相處的點滴和兩人的感情，也談到他少年時期在英國讀書的往事。原來 Leslie 雖是家中么子，從小卻並未和父母住在一起，而由貼身傭人帶大，十幾歲更離開香港，被送去英國。孤單，是他並不喜愛但不得不習慣的滋味。

他點了啤酒，邊喝邊輕聲說起往事，語氣淡淡的，似雲淡風輕，卻隱約有點苦澀。我聽著聽著，竟開始覺得，可以和這樣一個敏感聰慧又細心的人成為「手帕交」。就是在這時，唱片公司的宣傳帶著傻瓜相機走過來，拍下我和大明星神態放鬆的合影。

眼下，當時留影的地方還有Leslie都不在了，畫面上那大膽輕狂、甚至有點過於天真的女孩也早已步入哀樂中年，還在自己都不敢相信的情況下，成了所謂的飲食旅遊作家。一切俱往矣，只留下這張照片，在多年後喚醒塵封的回憶。

好在還有這張照片。

雖說世間一切，如夢幻泡影，如露如電，都會過去。但說到底，人也好，事也罷，只要不忘就好。

我除非必要，很少被拍照，也不熱中於自拍。然而，依舊慶幸當年曾與張國榮合照，留下青春身影，如今每年四月一日Leslie的忌日，我都會翻出此照，懷念這位美麗的人兒。

甜美的生活

關於生活的甜美，我最早的記憶可追溯至還沒上小學的時候。

逆著時光的河流緩緩而上，我看到一尊冰淇淋雪人：一大一小兩球冰淇淋疊成的身子上，頂著圓椎蛋捲做成的帽子，冰淇淋兩旁各插著威化夾心餅乾一小片，像是張開的雙臂。雪花似的椰子粉，撒了雪人一身都是。閉上眼來，那香草冰淇淋甜馥的滋味，混雜了似苦還甜的巧克力糖漿，彷彿又準確地回到舌尖。

依舊記得，那是夏日的黃昏，在晴光市場對面的「百樂」冰淇淋店。

方步入中年的爸爸，剛買了輛當時頗拉風的白色 Vespa 機車，載著我和已上小學的大姊，從新北投家裡，迎著和風，沿著楓香夾道的中山北路，到「百樂」吃冰淇淋。已很有主見的姊姊替自己點了脆皮香蕉，就是包裹了一層巧克力糖衣的冰凍香蕉。爸爸作主，替我要了雪人聖代，那似是我頭一回看到、吃到雪人聖代。

對年幼的我來說，時髦明亮的「百樂」和雪人聖代，好像就代表著家鄉以外我所不知道的遼闊世界，帶給我無法形容的奇妙感受，和平日熟悉的生活很不一樣。好多年之後，我才明白，當時的我已體會到所謂的「異國情調」。

後來，有很長一段時間，我一直以為外面的世界和生活，應該就像百樂冰淇淋店和那尊雪人聖代一樣，甜蜜美好。

那客雪人聖代，我來不及吃完，就眼睜睜地看著它在開足冷氣的清涼屋子裡，依然慢慢融化，而我的童年也一樣，漸漸就不見了。

我無法避免長大，二十多年後的一個春天，真的到了異國，一個叫做巴黎的城市，冰淇淋的香濃滋味，再度令我驚豔。

那天午後，浴著大好暖陽，我在清澈蔚藍的天空下，沿著塞納河從羅浮宮一路踱到和聖母院一橋之隔的聖路易島，遠遠地就看到好多人在一家店門口排隊。甜甜的香味陣陣襲來，勾起了我的好奇心，誘使我加快腳步。

排隊的人原來是要買冰淇淋，這麼多人大排長龍，一定好吃。貪吃如我哪肯落居人後，急忙加入長龍尾，一面探頭張望店內景況，嗯，還有空檯子，不必排隊。雖然根據價目表說明，同樣的冰淇淋，內用可比外帶貴了一倍，可是我一早起來直到過了中午，除了可頌麵包和一杯牛奶咖啡外，沒吃別的東西，這時正餓著，而這冰淇淋和現烤的蛋捲皮又聞起來好香……

我離開龍尾，踏入店內，一口氣點了三球不同口味的冰淇淋，吃個精光。那濃醇不膩的鮮奶味，以及爽口卻不酸澀的果香，值得我花雙重代價一嘗美味。

這家店叫做「貝提庸」（Berthillon），後來聽老巴黎說起，才曉得它原來是巴黎最出名的家族冰淇淋店。

我的腳步越走越遠，幾年以後，走到十七世紀時把冰淇淋做法傳至法國宮廷的義大利。在威尼斯的仲夏傍晚，太陽依舊高掛天邊，我和一個棕髮碧眼的男人，在亞得里亞海潟湖吹來的和風中，手挽著手，悠閒地在迷宮似的巷弄裡遊晃，經過運河畔那家我挺愛的小冰淇淋店時，兩人很有默契地停下腳步，我要了榛果和巧克力兩種濃郁的口味，他則只要清香單純的檸檬味。

為了拿冰淇淋，挽著的手當然得放開，我們各自捧著冰，步向鄰近的小廣場。舉目望去，和我們一樣邊走邊吃冰淇淋的人，比比皆是，義大利人還真愛吃冰。

我們揀了廣場上有陰影遮蔽的長凳坐下，大口大口舔著手中的冰淇淋，旁邊一位銀髮的老太太，佩戴著K金耳環和搭配的頸鍊，含笑著朝我們點點頭，口中還說著「Bellissimo」。我們微笑還禮，卻弄不清楚她在讚嘆什麼真是美極了，是威尼斯的風光嗎？溫煦宜人的微風嗎？抑或竟是我昨天剛買、此刻正穿在身上的嫩綠洋裝？

不一會兒，有個金髮男孩雙手各捧一支蛋捲冰淇淋，快步來到老太太身旁，遞給她一支。老太太舉起她的那一份，再次朝我們點點頭，隨即噘起嘴，享受清涼的美味。我恍然大悟，原來讓她叫好的，是甜美的冰淇淋，並不是我的新衣裳。

棕髮男人後來到了台灣，訝然發覺離威尼斯相隔幾千哩的台北鬧區，到處有標榜義大利風味的 gelato 冰淇淋，其中甚至包含在義大利聽也沒聽過的日本抹茶口味。我們各買了一支，本就喜愛抹茶的我，在酷暑的街頭，一口氣將自己的那一份吃個精光，偏過頭去看男人，他一面忙著用手拭去額上不斷淌下的汗水，一面舔舐另一手上的冰淇淋，融化的冰淇淋從蛋捲筒邊緣流到手指上，滴在他的白襯衫上，留下醒目的綠色印記。

男人用義大利文詛咒了一聲，把還沒吃完的冰淇淋，丟進百貨公司前面的垃圾桶，說：「味道很特別，可是實在很不義大利。」

過完那個夏天和接下來的秋天、冬天以及大半個春天，另一個夏天就要來臨前，男人決定離開這個炎熱的島嶼，臨走前，他說：「我想念真正的義大利冰淇淋。」

男人離開後，我照常吃我的抹茶冰淇淋，有時仍然覺得悵惘。說得一口流利京片子，對中華和日本傳統文化皆有所涉獵的男人，終究無法接受現代的東方所能給他的事物。

將近冬季的時候，一個無所事事的雨夜，我和多年好友駕著車繞了大半個台北，一心只想暫時逃開這個塞車的城市。我們不知不覺地來到市郊，走進大學附近的冰店。

或許是因為外頭正下著雨，濕冷的空氣勾不起人們吃冰的欲望，店裡只有一對學生模樣的情侶相對而坐，喁喁私語，面前有兩只空冰淇淋皿。抒情英文老歌聲流淌了一室，看似百無聊賴的工讀生，端來兩杯水和菜單，旋即回到櫃檯後方，垂著頭坐在那兒，嘴巴一開一閉，好像正無聲地唱著同一首歌。我翻開菜單，赫然發覺這裡有睽違已久的雪人聖代。

端上桌來的雪人聖代，和記憶中一樣，依然傻呼呼地瞪著一雙葡萄乾眼睛，挺著圓鼓鼓的肚子，無辜地等著被我送進嘴裡，而那香草冰淇淋拌合巧克力漿的滋味，甜蜜如昔。

透過門外重重雨幕，穿越時光織成的層層疊疊的網，我疑心自己又看見當年那個蓄著中國娃娃頭的害羞小女孩，正專注地一口口吃著她生平第一客雪人聖代，偶爾還會抬起頭來，對彼時猶黑髮繁茂的爸爸，甜甜一笑……

文中提及的威尼斯冰淇淋店，名喚 Gelateria Nico，坐落於 Zattere 水上巴士站附近。我在新冠肺炎疫情緩解後的二〇二三年晚春，重返威尼斯居遊，期間兩度造訪此店，一次要了一球榛果巧克力，另一次改吃檸檬口味，算是紀念如今思及已無喜悲的往事。而這兩球冰淇淋，一香濃、一清爽，說真的，都好、都好。

我佇立在小店前方的橋邊，舔著冰淇淋，眺望寬廣運河對岸的 Giudecca 島，淡淡地想起故人，口中的美味和眼前的美景依舊，然而終究物是人非，從我頭一回嘗到此店的 gelato，轉眼二十多年過去了。

二姊

我的二姊良雯，我們都叫她阿雯。

她喜歡港式茶樓的廣州炒麵、台北遠企地下樓的生菜沙拉、麥當勞的冰咖啡和薯條；喜歡聽鄧麗君唱的〈虹彩妹妹〉；喜歡跟人聊天，問人家的爸爸或媽媽在哪裡；喜歡玩大門的鎖鏈；最喜歡去「心路社區家園」上學。

她來到世間那當兒，由於母親難產，導致她腦部缺氧，形成極重度智能障礙，成為「憨兒」，換用美式英語的講法，則是「心智受挑戰者」（mentally challenged）。

我每個週末都從荷蘭打電話回家，向爸爸問好，並和從頭到尾拿著分機話筒傾聽對話的阿雯談上兩句。

姊妹間的對話常常是這樣：

「阿雯，你有沒有乖？」

「有。」

「有沒有吵把拔（爸爸）？」

「沒有。」（這時我爸會在他那只話筒上插嘴，「阿雯現在好乖，都不吵。」）

「有沒有去麥當勞？」

「還沒有。」

「哦，那去的時候不要吃太多薯條喔，太胖了會得高血壓。」

然後，我常常就想不出來要講什麼，只好說：「阿雯，還有沒有事要對良憶妹妹說？」

電話那頭遲疑了一秒鐘，我可以想像一頭削薄短髮的阿雯，嘴巴正微微一開一闔，似在考慮下頭要聊些什麼。緊接著，一般有兩種版本。

第一版本：

「良憶美沒（妹妹），約柏呢？」約柏是我的丈夫，荷蘭人，基本上不會講中文。

「約柏在忙。」

「忙什麼？」

「忙打電腦（或整理照片、看報紙……等等）。」

「約柏馬麻（媽媽）呢？」

「在她家。」

「阿雯跟約柏講話。」

「好，等一下。」我這方於是換人。

阿雯在那一頭說：「哈嘍，約柏，鼓摸你。」

約柏回答：「Good morning, A-Wen.」

阿雯咯咯笑了，「How are you?」

「Fine. And you?」

接著下來，只聽見阿雯大聲講，「三Q，掰掰。」跟著一陣吃吃笑。

第二版本：

「良憶妹妹，荷蘭幾度？」

「××度。」我會隨便講個數字。
「冷不冷?」
「不大冷。」
「有沒有下雨?」
「沒有。」
「好,」阿雯說,「掰掰。」

朋友聽說阿雯的情況,總愛問我她的心智年齡有多少,我依據多年前的醫生說明,給出標準答案:「三、四歲吧。」可是,三、四歲的孩子會跟她一樣,數數兒只能數到八或九,老是分不清楚三角形、四方形,可是接到我高中老同學的電話,不必問人家,光聽聲音,就能清楚地喊出對方的名字嗎?

三、四歲的孩子又會不會在我們的母親過世後,偶爾自問自答,問道:「阿雯馬麻呢?」然後按照虔信基督教的阿姨給她的答案,回稱:「上天堂,去耶穌那裡了。」繼而嚎啕大哭,嚷道:「馬麻死了。」非得等旁邊的人再三保證,媽媽被上帝接走了,才會揉揉紅紅的眼睛,破涕為笑。

我也始終不明白，阿雯為什麼在沒有見到金髮藍眼的約柏以前，就曉得要跟他講「How are you」，而不是「你好嗎」，三、四歲的孩子是這樣的嗎？

去年春節和中秋節，我兩度回台北探望老父和家人。阿雯每週末從她住讀的「心路」回家，一看到我，便迸出笑顏，伸手摸摸我的臉，好像想確認她的妹妹果真又回到眼前。摸完，叫了聲「良憶美沒」，她盤腿坐在沙發上，上半身開始左右慢慢搖晃，嘴裡偶爾發出輕微的「喀喀」聲。阿雯只要覺得高興，就會這樣搖啊晃的，很自得其樂。

我常常在想，藏在這樣一副逐漸邁入中年，終將垂垂老矣的軀體當中，究竟是什麼樣的靈魂？是一個比孩童還純真清澈的靈魂，還是歷經多次輪迴，已閱盡滄桑哀樂，索性轉目不觀人世的老靈魂？

每個生命，都是個謎，而阿雯的生命，尤其是個謎。

寫此文時，母親已故世，父親猶健在。如今，父親和大姊皆已飛天，照顧二姊的責任交到我手上。我與她相處的時間不但變多，密度也更高，然而我還是無法明白，阿雯作為一個獨立存在的個體，靈魂處在什麼樣的狀態。

二姊的生命，依然是個謎。

最後的滋味

晚春時節，鹿特丹露天市集的水果攤濃香逼人，金髮披肩的攤販中氣十足地喊著：「ananas, zoete ananas, lekker！（鳳梨，甜鳳梨，好吃！）」隨手遞來一盤切好的金黃色鳳梨，請我試吃，我微笑著搖搖頭，婉拒她的好意。

四年了，我還是不忍再嘗一口鳳梨的滋味。

SARS風暴籠罩台灣期間，日頭炎炎，一個看似尋常的晴朗日子，我戴著口罩走進媽媽的病房。弟弟送爸爸回家休息，下午會再來醫院，姊姊要去演講，傍晚以後才有空，反正有看護工幫忙，暫時留我一人守在醫院也無所謂。我從荷蘭奔回台灣十天，先前一直在趕手邊的譯稿，每天只能來醫院個把小時，昨天好不容易清償稿債，從今天起可以多分擔一點責任了。床上的媽媽依舊虛弱，看起來精神還好，我把隨身帶著的書擱在床前的電視機旁，問媽媽要不要看電視，她搖搖頭。

「想不想吃點什麼呢？」我問，我還沒吃午飯，可以順便去買個麵包，「醫生交代，化療過後，需要多吃點東西培養體力喔。」

我們問過主治醫師，媽媽有哪些食物該忌口。「都已經癌末了，」醫師嘆氣說：「沒有什麼忌口的，想吃什麼就吃什麼吧。」醫生推測，媽媽還有半年時光，請我們家人作好心理準備。「敢有旺來否？我想要呷旺來。」媽媽一直愛吃鳳梨，但是因為有低血壓的毛病，平時並不敢多吃，今天難得有這胃口。

我到醫院外頭的小店買來現切的鳳梨，回到病房，附上叉子遞給媽媽。

「有鹽否？」媽媽問。

哎呀，我真粗心，忘了媽媽吃鳳梨必蘸鹽，一來味道會更香甜，二來尚可防澀嘴、咬舌頭。我卸下口罩，用手捏了一片鳳梨嘗了嘗，不大酸，很甜。

「還好啦，不會咬舌頭，」我說：「下次吧，下次會記得加鹽。」

媽媽斜倚在升高的床頭，慢慢地吃著那一盤汁液淋漓的鳳梨，病房霎時飄散著熱帶果實的芬芳。我啃著麵包，從窗口居高臨下地看著撐著陽傘在樓底走過的行人，默默提醒自己，下次買鳳梨一定要記得跟店家要點鹽。

才拿濕紙巾給媽媽擦嘴、拭手，一位代班護士就帶著工人進房來，他們得推媽媽去樓下抽腹部積水，這是尋常的醫療程序，媽媽以前也抽過，沒什麼好擔心的。可是這一回，抽腹水到一半，媽媽就驚惶大叫，嘴裡不知在說些什麼，護士叫我進手術房，請我問問是怎麼回事，媽媽卻把臉撇到一邊，不肯再開口。

接下來發生的一切，太不真實。

媽媽被推回病房，逐漸昏迷，我召喚護士，護士趕緊請醫生來，還按照先前的共識，取來拒絕電擊與插管急救的同意書請我簽。

醫生隨即開了病危通知，把我請出病房，並吩咐我盡快通知其他親人趕來。我就像個木頭人，醫生護士叫我幹嘛，我就幹嘛，乖乖去換了硬幣，到樓梯間打公共電話，線路一接通，聽到爸爸的聲音，霎時清醒過來，淚如雨下。

回到病房外，房門是關著的，隱約聽得見醫護人員急促簡短的交談聲。前所未有的無助感鋪天蓋地而來，不是還有半年嗎？為什麼沒有半年了？我軟弱無力地靠在牆上，腦海裡翻來覆去淨是一個念頭：「沒有下一次了，沒有下一次了。」

西元二〇〇三年六月二十六日下午四點十分，在親人的圍繞下，賜我骨血的母親林富美女士悄然走完六十五年的人生，沒有鹽的鳳梨是她嘗到的最後滋味。

母逝轉眼二十年，那天的種種卻仍恍若昨日。這是一篇我並不很想重讀的文章，因為我始終希望自己用不著寫這一篇，更一直在後悔當天太粗心大意，忘了為母親索取一小撮鹽。

不過，這兩三年來，我倒是常常買鳳梨，因為一如先母，二姊亦愛此果，且她因體質的關係，忌食過於寒涼之物，鳳梨是少數她適合吃的水果。

至於我自己，不論身體或心靈，好像仍與鳳梨不合……

第一輯「記憶之味」的文章多半來自《青春食堂》和《只要不忘就好》，只有〈以九層塔之名〉和〈最後的滋味〉原本收在《吃．東．西》。

與其說是寫食物，更大的成分在寫家人、朋友、舊情人、兒時玩伴，還有本質為陌生人、卻因採訪而接觸過故而並不全然陌生的人們。

這些文章記錄了我的童年、少女時代、青年時期和前中年期，幾乎是我的大半輩子。這當中有多少回憶完全「正確」，我其實說不上來，人的記憶畢竟並非百分之百可靠，我有時和親朋好友聊起共同經歷過的往事，發覺彼此記得的歷程在部分細節上有所出入，這也許是我們關注的角度不同，抑或是當中埋藏著什麼個人不忍或不想記得的人與事？

無論如何，慶幸自己當年在記憶尚未模糊時，拾筆寫下我所記得的人與事，就算在客觀事實上並不是絕對的「真相」，至少我敢說，不論是現在或以前，我對過往種種，始終懷抱著誠意。而我寫過的那些人，有的已經不在了；且容我說句大言不慚的話，我慶幸他們還留在我的回憶和文字中。

文字改動不多，主要是刪贅字，或更改斷句和標點符號。有部分內容涉及公眾人物或事物，如果與讀者的記憶不盡相同，還請包涵。

輯二 流浪之味

昨日的菜單

拖了好一陣子，終於還是得離開這個生於斯長於斯的熟悉島嶼，移居雖已不再陌生、但怎麼說都還是別人土地的風車之國。

臨行前，翻出家裡各個角落堆積多年的文件檔案，一一整理分類。過去在報社和電視台工作時留下的參考資料，毫不考慮，統統扔進字紙簍；從雜誌報紙上剪下的吃喝玩樂情報，多半過了時效，也成垃圾。唯獨一只黑色大紙盒裡的東西，真捨不得丟棄，盒內是我在不同的旅途上收集的菜單，曾隨我飄洋過海來到台灣，幾乎每一份都是寶貝，標記著旅者的行蹤。於是小心翼翼將這些尺寸互異，各色紛陳，材質也不盡相同的菜單用塑膠袋包好，放進搬家公司送來的大箱子裡，準備讓它們跟著我再度奔赴天涯。

品嘗美食，常是我旅遊的高潮，有時更是主要目的。自領略旅行的樂趣以來，我已不知去過多少地方，換新過多少本護照，慚愧的是，好些舉世聞名的風景名勝，都已印象模糊，倒是吃過飯、喝過酒的地方仍記得一清二楚。除了因為生性好吃，對吃食格外有感覺外，當時特意留下的菜單，想來也幫了不少忙。

菜單上有我做的記號，註明點用的菜餚。人的記憶容或偶有失誤，當初用筆畫下的符號，不管事隔多久，都仍在紙上原來的地方，可不會搬了家。菜單裡更承載著往昔的回憶，每一回翻閱，用餐時的情景便毫不含糊地重現腦海，閉上眼來細細追索，便彷佛又嘗到那相同的味道，嗅到盤中撲鼻的香味。

收集歷史最久的菜單，是一張淺綠色略厚的紙，頂端註記用餐的日期和地點，那是我首度赴舊金山一帶探友兼旅遊時，在灣區一家以海鮮聞名的餐廳索取來的。

帶我去餐廳的，是大學畢業後即隨家人移民美國的昔日好友阿藍。他那時剛開始在灣區一家大事務所當律師，閒暇最愛做的事，就是到處找美食。他知道我也好吃，重逢第一天，便請我來這家「美味卻實惠」的餐廳嘗海鮮。

「這是我在灣區最喜歡的餐廳之一，一個月總要來這兒一兩次。」在等金髮男侍者拿菜單來時，阿藍這麼告訴我。

侍者很快便送來菜單，卻不是常見的「一本」，而只是一張紙，上面密密麻麻地印了各式菜名和價錢。菜色繁多，光是生蠔和蚌殼類，就有好幾種，其他各種魚類和甲殼類海鮮，亦林林總總，好些名稱我當時連聽也沒聽過，索性委由朋友點菜，一切由他作主便是。

「那就來些生蠔當開胃菜，佐白酒挺不錯的，這兒的 Ahi 生魚片也很棒。」阿藍一面看著手上的菜單，一面說：「主菜我們可以點 cioppino，份量足又好吃，配上大蒜麵包更香。」

Ahi 我是聽過的，知道就是夏威夷附近捕來的鮪魚，但這 cioppino 是什麼玩意？

「那是湯汁很多的義大利燉海鮮，這家餐廳的招牌菜。」阿藍告訴我。

生蠔一一滑下喉嚨，生魚片和生菜沙拉也被我們分食殆盡，重頭戲上場了。只見侍者把一口大海碗一般的容器，放在我們的桌上，碗裡的材料可豐富了，有大蝦、蛤蜊、淡菜、魚塊、烏賊圈，還有長腳的太平洋蟹。

我先舀了一口湯汁嘗嘗，果然極鮮且甜，海鮮和調味的番茄、洋芹、各種香藥草以及蒜頭的滋味全融進湯裡了。美味的cioppino令我一吃傾心，那一回在舊金山停留不過四、五天，臨行前硬是拉阿藍到同一家館子再吃它一鍋。

三、四年後，我赴義大利出差，頭一回踏上cioppino的「原鄉」。彼時，我對義大利飲食的了解，不比一般遊客多到哪兒去，最常吃的義大利菜，無非就是pizza或pasta。加上旅程前十天，一心懸念著公務，雖然每一次隨便找家館子用餐，往往詫異在菜單上怎麼都沒看到cioppino，然而終究沒有時間去多想一下這事。

直到工作結束，大夥舉行小小的慶功宴那一晚，總算有心思來問問那一陣子在公務上幫了不少忙的幾位義大利友人，卻沒有一個人聽說過義大利哪個地方有這道菜的。「八成是美國佬自己發明的義大利菜，他們最愛這一套了。」一有位顯然對美國人很不以為然的義大利仁兄說，在座的義大利人皆心有戚戚焉地點頭稱是，話題遂到此為止。

我的疑問始終沒有獲得解答，直到這一天，我在家中整理收藏的菜單，看到cioppino，嘴饞之餘，好奇心再度被點燃。靈光一閃，翻出原已收到箱裡的一本義大利美食參考書，是我在迷上義大利美食文化以後，在倫敦的飲美食書專門店 Books For Cooks 買來的，厚厚一大本足足有近八百頁的篇幅，我一直沒有讀完。

我隱約覺得，答案應該就在書裡，果然在介紹熱內亞風土飲食的章節，讀到當地有一種海鮮湯，通常會加番茄和葡萄酒調味，名稱叫 ciuppin。我想這可能就是舊金山 cioppino 的「祖宗」，cioppino 或許是思鄉的義大利移民，當初仿照記憶中的家鄉味，就近採用舊金山灣一帶海產所烹製出來的佳餚，只是不知為什麼名字給改掉了？

不論如何，這倒給了我前去熱內亞一探究竟的好理由，反正以後要住的城市，離義大利也不算太遠，乾脆就把熱內亞列入未來幾年內的旅遊計畫吧。只因不親臨斯地，我怎能確定那 ciuppin 是否正是讓我懷念不已的美味呢？

西元二〇〇〇年九月，我正式移居荷蘭港都鹿特丹，旅荷十三年期間，趁地利之便，多次前往義大利短期居遊，卻始終未曾造訪熱內亞，不是沒有動念一訪，但因著這樣那樣的原因，就是沒去成，也許是因緣不足吧。

倒是去過南歐其他不少海濱鄉鎮村落和港口，嘗過各地不同的海鮮雜燴。說真的，做法差別不太大，但是因各地漁獲不盡相同，加上採用的佐料有異，各有各的風味，那當中不僅融合了各地的風土，更蘊藏著各地的歷史發展軌跡，簡單講，展現出各地的文化。

而這些，可以另寫文章了。

遊走在世界的市場裡

同行的朋友猶在沉睡，我起身來到離旅館不遠的菜市場。我們今天就要搭機回台北了，這是我最後一次到市場遛達。

在短短三天的琉球假期中，我每天早晨都上那霸市中心的公設市場報到，並不是想買什麼，往往只是東張西望，欣賞圍著橡皮圍裙的魚販，把多種我沒見過的魚蝦海產，按照吩咐俐落地處理好，交到靜候的客人手裡。

逛到有點累了，醬菜攤旁有個賣咖啡的小攤位，可以讓我坐在倚牆而擺的長板凳上，喝著一杯味道雖然普通卻熱騰騰的咖啡，一邊觀看醬菜小販不時殷勤勸說過往的客人，嘗一嘗他家的貨色。

不光是離台灣很近的琉球，我到每個異國的城鎮，都喜歡找時間逛逛市場，到達後第一件事，往往是向旅館或借宿的人家打聽市場的位置，最好是露天的傳統菜市場。

對於我這個好吃的遊客而言，傳統市場的魅力最是強烈。不同的城市、不同的市場，都有奇奇怪怪、前所未見的異國蔬果或魚鮮，比那幾乎無所不在、千篇一律的名牌服裝店有趣多了。我每次都恨不得把這些奇珍異果、乾貨土產統統搬回台北，分贈給家人朋友，這樣的紀念品應該比風景區的瓷盤或鑰匙環有意思多了，起碼可以讓未能同行的人，用味覺分享我的異國經驗。

就算不很貪吃的人，在旅程中逛逛市場，也會有不同於制式化旅遊的樂趣。湖光山色、名勝古蹟，固然引人入勝，但是再美的風景、再令人讚嘆的歷史建築，都無法像早上的市場那樣，帶給我那麼真實可及、活生生的生活感。

市場也是觀察各地風土民情的好地方，在琉球、東京、京都或任何的日本城鎮，市場總是明亮、乾淨，所有攤位上的貨品都擺得井然有序，連鮮魚都一條條根據其種類、大小依序鋪放，市場地面絕不會有一丁點污水痕跡，空氣裡亦不會有任何一絲令人不悅的異味。凡此種種，都令人體會到日本人那近乎神經質的規矩、小心和謹慎。

義大利人則不然了，菜蔬魚鮮未必排得整整齊齊，各式各樣的蔬果多半大剌剌地堆放著，顏色的搭配卻全都顧到，成熟的豔紅番茄絕對不會擺在辣椒旁邊，得讓黃色的櫛瓜花或綠色的甜椒和番茄並肩比鄰，如此才能彼此襯托，相得益彰。義大利民族的熱鬧美感，不必多說，即可令人心領神會。

在洛杉磯聖塔蒙尼卡的週末農民市場裡，皮膚曬成古銅色、穿著T恤的「農民」小販，微笑著向駐足停留的雅痞顧客打招呼。而販賣有機蔬菜水果的攤位前，總是圍聚著最多的人群，幾乎所有的人都戴著墨鏡，提醒著我，這裡是陽光普照的南加州富庶地區。

到了巴黎，不管在哪個市場，一定會有那麼一兩家攤位或商店前面，老是有人大排長龍，湊過去一瞧，才發覺是麵包店。信不信由你，通常有點倨傲、並不很有耐性的巴黎人，這時全都像小學生一樣地排著隊，心平氣和地等著購買一天中最重要的主食——細長如棍的新鮮 baguette 麵包，這樣的景象，讓我領略法國人對美味的執著。

我遊走在世界各個角落的市場裡，置身於正採購日常三餐的人群之間，有那麼一時半刻，彷彿忘了自己只不過是過路的旅人，差一點就以為自己也活在這個異地的城鎮。

）

這篇文章是早期作品，事隔多年後被選入「翰林出版社」的國民小學六年級國語課本。老實講，收到授權使用的要求時，感受有一點複雜，當中占最多成分的，應該是驚訝：描寫逛菜市場心得的輕鬆的散文，竟然會成為小六學生的課文！

要知道，所謂五年級世代的我，當年在國小讀的可是什麼「蔣公小時候看魚兒逆流而上」之類的「勵志」文章啊。

只能說，慶幸時代真是大不同了。

尋找炸魚薯條

留學英國的朋友告訴我一個笑話，大意是這樣的：「什麼是天堂？就是擁有瑞士的科學家、義大利的情人、英國的管家、法國的廚子。而什麼是地獄呢？就是有義大利的科學家、瑞士的情人、法國的管家和英國的廚子！」

朋友說這個笑話是為了證明痛恨英國食物的，不只他一個，尚大有人在。可嘆不列顛和以美食聞名的法蘭西不過一海峽之隔，英國食物卻是「惡名昭彰」，完全不像它在文學上的成就那麼輝煌燦爛。

不過，我有一位出身英格蘭中部的朋友卻表示，英國人並不是一向以來都不講究吃。這位大學專攻歷史的仁兄說，在都鐸王朝時期，英國享有海上霸權，冒險家帶了許多珍奇的食物材料和烹調方法回到英格蘭，促使當時的貴族學會飲食之道。然而十七世紀中期之後，清教徒思想成為社會主流，嚴格的宗教戒律將享受美食和自甘墮落畫上等號，不列顛子民遂從此背負美食毀滅者的「罪名」。

因為老聽說英國沒有好東西吃，我幾回去歐洲，都過其門而不入，連我姊在倫敦旅居了五、六年，我也是拖到最後一年，她和姊夫都快搬回台北了，才因為要去荷蘭辦公事，決定順道前去一遊，而首度踏上英倫土壤。

頭一回去倫敦，我按照歷來的習慣，先抱旅遊指南惡補，中英文各一本。首先當然翻到美食情報章節，過過乾癮嘛！兩本書上對英國道地美食的資訊卻僅有寥寥數語，推薦的餐廳不是法國、義大利菜，就是印度、中國菜，至於英國菜餐館呢，占的篇幅半頁都不到。英國人對祖國飲食文化的心虛，以及外國人對英國食物的缺乏信心，從這裡就看得出來。

除開不算是「菜餚」的英式下午茶，我比較常在書報雜誌上讀到、也曾聽人提起的英國名菜，數來數去，大約只有烤牛肉、約克夏布丁，還有炸魚薯條這幾樣。其中烤牛肉稱得上國際知名，台灣的五星大飯店或西餐廳，只要供應所謂西式自助餐，檯上多半都少不了一整大塊烤得外焦裡生的烤牛肉，配菜往往是馬鈴薯泥或連皮烤的整顆馬鈴薯。然而在英國，道地的吃法則非得搭配約克夏布丁不可。此配菜雖名為布丁，卻和一般認定的甜點完全不同，是鹹的，用牛奶蛋麵糊加上烤牛肉時流出的肉汁、油脂烤成，外層焦黃香脆，趁熱吃其實滿美味，只是冷了以後會像洩了氣似地塌下來，口感全失。

烤牛肉雖然還算美味可口，卻是道「大菜」，尋常人家不是天天都吃得起。對於英倫民眾來說，炸魚薯條說不定才是最有親切感的日常小吃。炸魚用的多半是鱈魚之類的白肉魚，也有肉質更細的鰈魚，不管哪種魚，一律須去骨切片成魚排後，沾麵糊在熱油裡炸至外酥裡嫩。要讓炸魚好吃，除了魚肉新鮮外，麵糊調製是否得當，也是美味的關鍵，有些老店的麵糊用家傳數代的秘方調和而成，絕不外傳。

在倫敦街頭，隨處可見供應炸魚薯條的店家，有較正式的海鮮餐廳、賣酒也供餐的PUB、兼賣披薩或中東點心的外賣舖等，還有許多專門店，店裡只賣炸魚薯條，其他欠奉，頂多再順便賣賣炸蝦或香腸。

這麼多店家都在販售炸魚薯條，觀光客恐怕搞不清楚到底哪一家好吃，本地人可明白得很。已成半個本地人的姊姊，在我首次到訪倫敦時便告訴我，炸魚薯條專門店的品質和水準通常比較可靠，那種披薩、沙威瑪、炸雞、漢堡……幾乎什麼都供應的店，除非餓到受不了，否則不試也罷。

我聽從這聽來十分明智的建議，致力於尋找門面不見得起眼，生意卻不錯、人氣挺旺的專賣店。生意好的店，魚賣得快，店家須不斷重新油炸又一批的魚，因此客人往往可以買到剛起鍋的，如此食來自然格外香酥。

炸魚排連同個頭比美式速食薯條粗大的英式炸薯條，一起包在白紙或報紙裡，遞給客人。我捧著這一大包金黃的炸物，學英國顧客，趁熱淋上淺褐色的麥芽醋，讓醋的香味隨著熱氣飄送鼻尖，這時最好趕緊咬一口，就在店內沒有鋪桌巾的桌旁，將熱烘烘的炸魚薯條吃個精光。

不然，邊走邊吃也不錯，吃完拿面紙擦擦手，再到別處玩耍去。相信我，炸魚薯條必須當場吃，千萬別包回去到旅館或家中才享用，搗在紙包裡的炸魚薯條會因吸收蒸氣而變軟，用微波爐加熱也沒救。

我已經有好幾年沒有重遊倫敦，最近這一陣子，不知怎麼的，很想念炸魚薯條簡樸扎實的滋味，這份思念似已越來越強烈，或許，我該踏上另一次旅程了？

我撰寫飲食文字和散文的初期，多半寫異國飲食，尤其是歐美食物，較少寫亞洲食物，包括中國菜和台灣小吃。

一方面是自己因家庭背景之故，從小就愛吃所謂西餐，加上大學主修英美文學，其後出社會，工作又都與「洋務」相關，有機會不時造訪歐美，故而對西洋飲食並不算陌生，拿來當成寫作題材，應也是自然而然的事。

二方面則得承認，起初多少是刻意的對西方食物多加著墨，倒不是胃口太洋化，而是由於在一九九〇年代初期和中期，台灣尚少有人寫西食，前輩作家如唐魯孫先生、逯耀東教授，皆集中書寫中式飲食典故與歷史文化，我自認是受西洋文明（其實主要是美國文化）影響較深且相對年輕的台北人，思潮和成長背景大不同於前輩，遂決定從個人觀點出發，以輕鬆的文字寫寫我所了解的異國飲食，兼及飲食背後的歷史或風土，雖然不很深入，但是仍希望能夠讓讀到文章的人理解，飲食從來不只是口腹之慾而已。

至於成不成功，這話不該由我自己講。無論如何，我好歹嘗試過了。

留在普吉的德國咖哩

離開海洋和沙灘，翻過一個小山坡，就來到了這條小街。

街首是一家雜貨店，從可口可樂、游泳褲到翻版的西洋流行樂錄音帶，幾乎什麼都賣；走到小街盡頭再轉個彎，則是小郵局。街上零零星星地散布著簡陋的餐室和咖啡店，還有一家二手外文書店，書架上陳列的多半是英文通俗小說，也有法文、德文和義文書籍。不知道觀光客都到哪裡去了，書店和每家餐館裡，都見不著多少人影。

這是我隻身來到普吉島的第三天，頭一天在傍晚時分才抵達，忙著熟悉旅館周邊的環境，一晚都在巴通海灘一帶遊逛，第二天則參加團體旅遊行程，早出晚歸，一連兩天都是就近在旅館附近隨便吃吃。這一天，我決心不再虧待自己，不再為觀光而觀光，吃過早餐後，隨意跳上一輛公車，搖搖晃晃地來到巴通南方的海岸。

同樣在普吉，同樣有潔白的沙灘和蔚藍的大海，這裡卻比遊客多、酒吧多、性工作者也多的巴通海濱幽靜。我戴著草帽和墨鏡，在無人的沙灘上眺望安達曼海，散了好一會兒步，開始覺得有一點無聊，陽光又實在太炙烈，於是翻過山坡，來到安靜的小街。

此刻，我已在街上來來回回走了幾遍。書店去過了，在書架間磨蹭許久，買了本書頁已泛黃的 P. D. James 英文犯罪小說；雜貨店貨架上的錄音帶也全都拿起來端詳了一遍，還買了瓶礦泉水。太陽越來越毒辣，逛了一早，我也真的餓了，不妨找家小館吃午飯休息一下吧。

離書店不很遠的一家 cafe，有著白色的牆、綠色的門窗，清爽的顏色搭配吸引了我的視線，店門口架了小黑板，粉筆字用英文寫著「我們供應泰式餐點、三明治和咖啡」。從外向裡看，室內倒也乾淨，空間不很大，擺了四張方桌，有一桌已被三個白種男人占據。天花板上垂吊著風扇，應該滿涼快的。我快熱壞了，就這家吧。

選了靠窗的空桌坐下，膚色黝黑的泰國少婦，慢吞吞從櫃檯後起身向我走來，我要了杯可樂，請她給我菜單。只見她面有難色，朝著鄰桌在聊天的三個男人喚了一聲，當中一個中年人，看樣子約莫五十歲，立刻過來，用帶著德國腔的英語問我想吃什麼。

「我想吃泰式咖哩，還要白飯。」我說。

中年男子用泰國話嘰哩咕嚕向少婦不知說了什麼，她走出店門，男人則回座，繼續用德語和他的朋友交談。過了兩三分鐘，少婦拿著一罐椰漿回來，交給男人。

男人又走向我，「要哪種咖哩？綠的或紅的？」

我考慮了一秒，「綠的。」

男人聞言，拿著椰漿，走到店後；我喝著冰可樂，翻閱剛買的謀殺小說。

過了一會兒，男人從分隔餐廳和廚房的牆後探身而出，手裡握著把亮晃晃的菜刀，衝著我走來，開口問道：「要什麼肉？雞肉或海鮮？」

我楞楞地看著他，「雞肉好了。」

男人重重地點點頭，好像很滿意我的答案，折返廚房。我忍不住納悶，要是我剛才表示要海鮮，他會有什麼反應？

暫且不去胡思亂想，我繼續讀小說、喝可樂，沒看幾行字，男人又神出鬼沒地出現，這一回沒帶刀，而拎著一把蔥和一根辣椒。

「要不要辣？」

我一面說要，一面開始嚴重地擔心，待會兒端上來的東西能吃嗎？我把書放下，忐忑不安地等著我的午餐。

男人三度出來時，手裡捧了一個陶碗，旁邊跟著少婦，端著一盤白飯。兩人一前一後，把食物送到我的桌上。

出乎我的意料，這碗由德國人煮出來的泰式綠咖哩雞，賣相還不錯，乳白泛綠的椰漿醬汁上，點綴著幾片九層塔，我嘗了一口，不很辣，味道頗香濃，雞肉也不老，滿可口的。

不知道是不是餓壞了，一碗咖哩外加一大盤飯，我兩三下便一掃而空。

我把空碗盤推開，德國人見我吃飽，開始和我聊天。原來他是這家小店的老闆兼廚師，自稱原本在一家國際企業任職，時常往來紐約和歐洲之間，幾年前來到普吉度假，愛上這個小島，決定在此定居，因為本來就愛吃，學了一陣子泰國烹調後，開了這家小吃店，娶了一個本地老婆，就是剛才的少婦。

「我這家店的客人大半是歐洲人，平時很少有人點泰國菜，有一陣子沒做了，味道還可以嗎？」德國人一面替我加咖啡，一面問。

何止可以，好吃極了。要不然，我怎麼會到現在都還記得，那個盛夏的中午，我在普吉島，吃到美味的泰式綠咖哩，而做飯的，是一個不笑的時候有點嚴肅、笑起來滿臉是皺紋的德國人。

夢幻的費雪漢堡

九二年首度去美國，探望大學同學Ｃ，自她移民加州，我們已有好幾年沒見了。抵達那天，才放下行李，老友就問我想吃點什麼特別的，說是要給我接風洗塵。

「從家裡開車半小時不到，就有各式各樣的館子。」Ｃ早有準備，手裡拿著本餐廳評鑑，「義大利菜、墨西哥菜、法國菜、泰國菜……各種美食任你挑。當然還有中國餐廳，道地的粵菜。」

「嗯，可是我想吃漢堡。」

我的回答顯然嚇了Ｃ一大跳，瞧她雙眼圓睜，一副你是不是瘋了還是病了的表情。

「哎呀，義大利菜、法國菜哪裡不能吃啊。」我解釋說：「這可是我頭一回到美國，第一頓當然要吃美國菜，就是漢堡包啦。不過，可別帶我去什麼麥當勞、漢堡王之類的，我想去的，是在美國電視電影裡看多了，卻從來沒去過的 diner，最好是《小亨利》漫畫裡的那種，店裡有長條的櫃檯兼餐檯，還有火車卡座。」

C 真是稱職的「地陪」，道地美式的餐室也知道不少家，那晚我們就去了她覺得食物水準還可以的一家。

「可是我不敢擔保這裡的漢堡包好吃，你知道我一向不愛吃速食的。」老友還是不肯相信我千里遙遙來到美國，竟然指定要吃漢堡包。「你不是滿講究美食的，怎麼會想到吃這玩意。」

「誰說漢堡包不是『美食』？它明明就是『美』國的『食物』嘛。」

C 曉得我是在開玩笑，瞅了我一眼，繼續研究菜單。

說實在的，我講的並不盡然是玩笑話。漢堡包的名稱和德國的漢堡雖然有關，可是把漢堡包發揚光大並推廣到世界各地的，的確是美國人。

且把時光拉回到一百多年前，時值十九世紀，波羅的海沿岸航海貿易昌盛，航行至俄羅斯港口的德意志水手，在那裡嘗到了俄國人愛吃的韃靼牛排，亦即摻和了洋蔥、雞蛋等佐料的生牛肉末。水手當中有人覺得好吃，便把菜的做法帶回漢堡港。後來，不知有哪位聰明的廚師靈機一動，將並非人人皆嗜的生肉餅煎熟了供食，烹製出一道改良的新菜，甚至比原版的更受歡迎，來到漢堡的美國水手吃了亦讚不絕口，回到家鄉以後，如法炮製，取名為漢堡牛排（Hamburg steak），漢堡排就這樣飄洋過海，來到了新大陸。

至於漢堡包，則是不折不扣的美國「發明」。它首見於一九〇四年，那年聖路易市舉行大規模商展，有參展的廠商為了推廣當時還算新鮮玩意的漢堡排，想出新點子，把漢堡排夾在圓麵包裡頭，以便民眾用手拿了就吃。他們將這種熱食取名為Hamburger，亦即我們今日所熟知的漢堡包。

不過，漢堡包並非一鳴驚人，它還得再等一段時日，才真正在美國流行開來。上一世紀中葉，隨著美國汽車公路文化日趨成熟，速食餐廳逐漸普及全美大城小鎮，漢堡包因為成本低廉又能夠大量生產，成了連鎖速食店和個體戶小吃店必備的主力餐點，漢堡包順勢變成美國的國民食物。到了今天，講到美國菜，人們頭一個會想到的，或許十之八九就是漢堡包吧。

話說回到我初抵美國的那一天，C堅持原則，終究沒點漢堡包，我則如願坐在加州小鎮餐室的紅色人造皮卡座上，嘗到了生平第一個製於美國本土的漢堡包。至於味道，是比連鎖速食店裡軟軟的機器麵包，夾乾乾的肉餅和溫溫的酸黃瓜好吃一點，好歹是現做的，一口咬下，在肉汁流出的一剎那，還算有點熱燙噴香之感。不過，說句良心話，終究仍只是「美國的食物」，算不上「美食」。

難道，漢堡包的命運注定如此，永遠也搆不著美食的境界嗎？我原本這麼以為，直到後來閱讀美國飲食文學大家費雪（M.F.K. Fisher）的經典著作《美食家字母》（*An Alphabet for Gourmets*），看到她獨門的漢堡包食譜，照本宣科，試做一番，這才發覺漢堡包也可以好吃得不得了。

華文讀者說不定仍有不少人沒聽過費雪的名字，已於一九九二年去世的這位女作家，在美國成名甚早，著作頗豐，可是截至目前，卻只有她的兩部早期作品《如何煮狼》和《牡蠣之書》被譯成中文（不好意思，譯者正是區區在下）。當然，這無損於費雪在英語飲食文壇的崇高地位，在她的筆下，飲食不再只是維生或享樂的方式，而被提升為一種藝術，她的著作不但反映她的飲食觀，更展現其人生觀。詩人奧登（W.H. Auden）曾推崇費雪是當代最好的「文體家」（stylist），可見得她真的很會寫。

更叫人敬重的是，費雪雖然懂美食且愛美食，卻不是那種認定美食就一定是松露、魚子醬等高價食物的淺薄勢利之徒或暴發戶，比方說，她就不諱言自己滿喜歡吃漢堡包，只不過她吃的並非速食店的現成貨色，而是自己動手做的漢堡包。

下面是費雪的漢堡包食譜。

費雪的漢堡包

材料

上好的沙朗牛排，去肥，粗絞（或細切）｜ 1 磅半～ 2 磅
（約 700 ～ 900 公克）

普通的紅葡萄酒｜ 1 杯
奶油｜ 3、4 大匙
切碎的什錦料，內有洋蔥、洋香菜、青椒、烹調香藥草｜ 1 杯
蠔油（中式或美式）4 大匙或辣醬油（Worcestershire Sauce）2 大匙

做法

1 肉捏實成四塊圓肉餅，每塊至少一吋半厚。
2 煎鍋燒到很熱，將肉餅兩面煎黃（會冒很多煙），立刻擺在塗了奶油的熱鍋上，讓肉在鍋上熱透。（不喜歡吃帶生肉餅的話，可以多煎一會兒。）
3 鍋子離火，等稍微冷卻了，加進酒和奶油攪拌成汁，鍋子回到火上，什錦料入鍋炒一下，蓋上鍋蓋，一等發出滋滋聲，立刻熄火，加進蠔油，再攪一攪，淋在熱肉餅上，配用老麵發的酸麵種麵包和生菜沙拉，馬上吃，以免醬汁把肉餅逼老了。

讀到這裡，愛好烹飪的讀者或已明白費雪的漢堡包為何美味，你看人家用的材料多麼講究。費雪用的可是上好的去肥牛排肉，而非隨隨便便的零頭碎肉，後面那種絞肉，肥多瘦少，說不定還帶筋，怎麼會好吃？

她用來夾漢堡排的麵包亦非俗物，而是天然發酵的酸麵種麵包（sourdough bread），亦即用帶酸味的麵種（類似中式老麵）發的麵包。這種手工麵包製作起來費時費力，售價因而較貴，可是它入口不但有股濃濃的麥香和似有若無的天然酸味，而且吃了以後不會泛胃酸，既可口又有益健康，好處多多，軟趴趴的機器白麵包當然比不上。

其次，費雪文中雖未明白提到「火候」，這份食譜卻也強調了火候的重要性。烤牛排也好，煎漢堡也罷，在西餐廚房裡，大塊的肉宜用熱鍋大火，迅速煎至兩面焦黃，好將美味的肉汁「封鎖」在裡面，烹調好的肉才會美味多汁。費雪煎烤漢堡排，就用到這個手法，火候拿捏得當。

再者，或許是受到法國菜的影響，費雪的漢堡排並不是乾煎以後就這麼吃，還得另外淋上醬汁才行。她的醬汁材料有紅酒、牛油、烹調香藥草等，甚至加了中式蠔油，做法不但大膽，顯現了費雪對食材與味道搭配的自信，更對整體滋味有畫龍點睛之效。

有空的時候，不妨做做看費雪的漢堡吧，說不定你會發現，原本登不上美食殿堂的漢堡，竟搖身一變，成為日本人口中的「夢幻料理」。

台灣僅出版了兩本費雪的著作，分別為《如何煮狼》和《牡蠣之書》，兩本皆由我翻譯。直到現在，我對於自己有機會將這位美國飲食文學天后的作品譯為中文，介紹給不見得熟諳英文的華人讀者，仍感到莫大的光榮。

品嘗簡單的快樂

談到法國最具代表性的傳統菜餚，你直覺會想到什麼？我猜答案八成不超出蝸牛、鵝肝醬或是松露這三樣吧！老實說，我也一直這麼以為，直到有一天，突然想起來，應該把這個問題拿去問問我所認識的法國朋友，於是那一陣子，只要碰到法國人，我的第一個問題都是：「不准多想，請在三秒鐘之內告訴我，你在台灣最想念、認為最有法國味道的傳統菜是什麼？」

大出我所料的是，好幾個人的答案竟然都是Pot-au-feu！

這是什麼玩意？

按字面翻譯，Pot-au-feu可直譯成「火鍋」，這從而勾起我強烈的興趣，因為我本來就愛吃熱騰騰的火鍋。冷颼颼的冬日，和三五好友圍鍋而坐，一邊涮著各式各樣片得飛薄的肉片、海鮮，一邊天南地北地聊著，在我看來是人生一大樂趣。

於是那年初冬，我趁著赴倫敦出差之便，轉道巴黎，一方面探望當時正旅法的朋友，一方面也想嘗嘗在台灣沒吃過的法式火鍋。

出國前已經先向法國友人請教，到了巴黎該上哪一家解饞才算不虛此行，三個人都說不知道。「這道菜很普遍也很家常，應該有很多餐廳都供應，可是我們一向都是在家裡煮，上館子的時候很少點。」

算我白問，只好自力救濟。我帶了一本導遊書，交叉配合巴黎街頭報攤幾法郎就可買到一本的 Pariscope 指南，和朋友按圖索驥摸到浮日廣場附近的一家餐廳。

坐定之後，我不著痕跡地東望西瞧，果然看到好幾桌的桌面上擺了酒精爐，上面架一口小鍋子，火光熒熒，讓人忘卻了方才頂著刺骨寒風在陌生的街道上險些迷路的惶恐。再定睛一瞧，有的桌子放了不只一鍋，有幾人就幾鍋。「原來是小火鍋啊！法國人大概不太喜歡分享別人的口水。」我當時是這麼想的。

毫不猶豫地點了一份。過了一會兒，侍者送來一個小爐子、一口鍋子、一籃法國麵包片，附上一碟酸黃瓜，並在我面前放了一只空碗、一個空碟子，小小的桌面一下子被占掉一大半空間。

我看看鍋裡，並非我所想像的涮鍋或什錦火鍋之類的，而是清燉牛肉和蔬菜，一鍋連湯帶料還滿豐富，有厚厚的牛腱，一大塊帶有骨髓的腿骨肉，淡褐色的湯裡還漂著細細的胡蘿蔔、長長的大蔥、好幾片芹菜和幾顆小的馬鈴薯。

我也不知道該從何吃起，就按照平日習慣，先吃肉吧！

牛腱燉得很爛，刀子輕輕一割就分開，雖是清燉卻沒有腥味，一定是加了香料和香草一起燉的。接下來嘗嘗骨髓，不出所料，很油卻很滑潤，叉一小根酸黃瓜入口，以中和骨髓的油膩感。

沒吃完的肉暫且擱在一邊，改進攻蔬菜。胡蘿蔔和大蔥甘甜，芹菜經過燉煮，原有的草腥味已減低；馬鈴薯亦精采，撒些鹽送入口中，嘗到澱粉天然的甜香。那一碗清湯更是可口，牛肉和蔬菜的美味盡在其中；肉的份量太多，我並沒有吃完，湯可是喝得一乾二淨。

回到台灣，向一個法國朋友報告實況，那傢伙卻一撇嘴，說：「哪有人這樣吃！」

根據他的指教，正確程序是這樣的：先把湯舀到碗裡，把骨髓從牛骨裡挖出來，抹在麵包上。這兩樣吃喝完畢後，將肉和菜移到碟子上，把剩餘的湯澆在上面，撒一點鹽就可以吃了。喜歡的話，可配酸黃瓜、泡菜之類的，或者沾點芥末醬也不錯。「可是我告訴你，這是帶有農村風味的家常菜，要煮上一大鍋由一家人分食才對味，餐廳裡再好吃也比不上自家做的，尤其是我媽煮的。」這是朋友結論。

我不想和他爭辯，因為我了解，讓朋友戀戀不捨的，不只是那一鍋樸實的美味，還有藉著食物所傳遞出來的親情。

儘管我作為一個貪吃的遊客，無法在 Pot-au-feu 當中，體會到纏綿的情感，但是在異鄉的寒夜，能夠享受到這樣一頓熱呼呼又厚實的美食，感受到簡單的快樂、生命的喜悅，我已經非常滿足了。

Pot-au-feu，我當初譯為火鍋，然而倘若完全按字面直譯，應是「火上鍋」，後來又看到詹宏志先生按菜色的內容和做法，稱之為「法式蔬菜燉肉鍋」，這更能說明此菜的特色。又，移居荷蘭後，由於環境改變，認識更多法國友人，加上地利之便，數度赴法國居遊，從而知悉這道燉菜採用的肉類，並不局限於牛肉，也有人喜歡加進豬肉、培根、香腸、小牛肉乃至鴨肉、雞肉或雞的內臟。簡單講，就是張羅到什麼肉就煮什麼，一派家常作風。

櫟樹下的廚房

數不清有多少次了，我在異國的市場看到幾近夢幻的新鮮食材，比方肥厚的牛肝蕈（法文為 cèpes，義大利人稱之為 porcini）、大理石紋油花的厚牛排、碩大的鮮干貝，卻只能嘆口氣，依依不捨地走開。誰教我不過是個偶然經過的旅人，在當地並沒有自己的廚房，我該到哪兒去烹調這些逸品呢？

當然可以找家館子大快朵頤，可是對一個好奇又愛下廚的人來講，面前明明堆著慕名已久的烹飪素材，卻只能眼睜睜地看著，沒有辦法親自動手調理一下，著實是件憾事。

為了不讓同樣的遺憾再度上演，我在蒐集法國西南部的旅遊情報時，對於臨時住處最大的要求就是，屋子務必附有廚房，其面積不必大，開放式的也成，但是千萬不可以是那種只有一具電爐加一架微波爐的所謂 kitchenette（簡易小廚房），必須是基本設備一樣都不缺的真正廚房，比方說，得有瓦斯爐、烤箱、簡單櫥櫃和廚具，外加水槽、料理台，這樣我才能一展身手，在法蘭西的天空下做菜。

出發前，和朋友聊到我對西南法鄉居遊的規劃，來自非洲的派翠西亞聽了，不解問道，「你好像有勞碌命似的，好不容易到法國度個假，幹嘛還要當老媽子？到外頭餐館吃，或者上超市買些現成的菜，用微波爐熱熱就得了，何必一頭栽進廚房裡，自討苦吃呢？」這位俏麗的黑女郎，自稱恨透了烹飪，每一次下廚燒飯給她的荷蘭丈夫和三歲女兒吃，都是應卯了事，一家三口吃飽了算。「這你就有所不知了。」我對這位身材玲瓏有致，生怕多吃了兩口就會發福的年輕媽媽說，「烹飪之於你，是受罪，之於我，卻是享受。何況，外食難免比較油，口味也比家常菜重，天天都在外頭吃館子，不嫌貴的話，也嫌膩呀。」

這不但是我打從心眼裡頭說出來的真心話，而且是現實的教訓。

我曾經在一次台灣東海岸之旅中，除了一天的早餐外，頓頓都吃海鮮，每餐必點活龍蝦。最後一頓午餐，菜才上桌，一股滯膩、厭惡的感覺突然從胃中升起，擴散到全身，讓我無法再舉箸，看看在座三位友人，也都一副沒什麼胃口的模樣，並不是那天的龍蝦不新鮮或燒得不好，我們只是吃膩了，再也嘗不出美味。

記得當天晚上我們一回到台北，便直奔復興南路的清粥小菜店，我此後再也沒吃到比那一頓更清爽、可口的滷豆腐和拌地瓜葉。所謂過猶不及，大概就是這個意思，飲食一如人生，亦宜講求中庸之道。

以往出國旅遊時，由於多半都住旅館或民宿，餐餐都得外食，開頭幾天都很開心，這一頓吃牛排，下一頓嘗生蠔，餐餐換花樣，絕無吃膩的困擾。可是七、八天以後，我卻好像開始聽到我的腦子、腸胃和雙腳，統統在抗議。

腦子說，「我懶得再動腦筋考慮要吃什麼，到哪裡吃啦。」

腸胃問，「太油啦，太營養啦，可不可以換清淡一點的家常菜？」

雙腳則哀嘆，「哎唷喂呀，逛了一整天下來，連腳趾頭都瘦了，行行好，回去歇歇，別再折磨我在街上走來走去，就為找一家看來順眼的餐廳。」

然而出門在外，有些時候由不得自己，我只能以口腹之慾為重，對不起腦子和雙腳了。於是每到用餐時間，同樣的戲碼又登場，我和旅伴絞盡腦汁，東走西逛，四處奔波，就為找好吃的。

運氣欠佳時，花了腦筋，累了雙腳，還苦了腸胃。好比說，我就曾在布魯塞爾一間口碑不錯的小館飽食一頓出來，來不及回到下榻處便胃腸痙攣，回旅館後更開始狂瀉，想來想去，應該是主菜那塊沒煎全熟的旗魚加上餐後的哈密瓜冰沙惹的禍。我簡直是花錢找罪受！

直到移居荷蘭後的第一年夏末，和約柏應邀到朋友在托斯卡尼山間租賃的度假屋小住一週，這才發現，這種型態的旅遊太適合我了。

白天儘管開著車子，四處漫遊，或逛古蹟、博物館、市集，或到葡萄酒莊品酒，甚至就在小屋附近的林間田野走走，也很享受。

中午呢，看人到了哪，就在那一帶找家咖啡屋、餐廳什麼的，嘗嘗當地食物。時近傍晚，覺得疲乏了，先回臨時住所，打開冰箱，開瓶白酒，坐到涼風習習的院子裡，曬曬暖陽，和同伴一邊悠悠哉哉地啜飲清涼的葡萄酒，一邊各自看著隨身帶來的小說，偶爾抬起頭，聊個兩句。也可以只是坐在那兒，放輕鬆，什麼也不想，什麼也別愁，享受寧靜的片刻就好。

最棒的是，等亢奮的情緒沉澱下來，小腿肚不再痠痛，肚子也有點餓的時候，還有力氣的話，不妨結伴出門覓食，倘若沒有那興致，就在「家」裡的廚房，做自己愛吃的東西。有誰能比自己更了解眼下最合胃口的是什麼食物呢？

顯然有不少人同我一樣，樂意在度假期間找個廚房，在異鄉創作美味。我一連兩年夏末秋初在西南法度假，一共三個星期，每個星期住不一樣的地方，行前都沒費多少工夫，就透過網路找到廚具齊全的理想住處。

巧的是，鄉居的三個住所，屋外都有櫟樹，透過廚房的窗子，看得見櫟樹葉迎風婆娑的姿影。

三間廚房都不算大，但該有的都有了，愛好廚藝的人別說是隨便炒兩個菜了，想大動鍋鏟，燒頓從開胃小點、湯品、前菜、主菜到甜點的大餐，也未嘗不可。

只是，我畢竟是來度假的，不是專程來煮飯的，所以我在這三間鄉廚裡烹飪都秉持同樣的原則，亦即，只採用當令的食材——材料只要新鮮、品質好，煮出來的菜多半就好吃。另外，我偏好用簡單的手法來烹調，我可不想在廚房裡忙得不可開交，活活累壞自己。複雜的菜色還是等回到自己真正的家以後，找個清閒的一天再燒吧。

假期中，我和約柏中午多半外食，如果不很餓，就在咖啡屋裡吃份可麗餅、三明治，或先到麵包坊買條棍子麵包，再上熟食店零買些火腿、乳酪和肝醬之類的現成食物，接著就可以坐在河畔樹蔭下野餐。午餐要是像這樣簡單吃的話，我們傍晚回小屋的途中，會繞到蔬果店、肉店或較大的超市，採買一大堆食物，順手帶瓶搭配的葡萄酒，下廚燒頓豐盛的晚餐。

倘若中午有胃口，在館子裡吃了大餐，晚上就適合吃得清淡一點，比方說，來份結合生菜、番茄和義大利麵的 pasta 沙拉。義大利麵的種類沒有限制，手邊有什麼就用什麼，一般來說尖管麵、螺絲麵和蝴蝶結麵等短麵，比較適合涼拌。無肉不歡的人，可以在混合好的 pasta 沙拉上，鋪幾片火腿、燻腸、西南法特產的煙燻鴨肉、油燜鴨肫或各式乳酪，淋上沙拉醬汁，便是一道夏日清涼美食。

晚餐非得吃熱食不可的話，那就煎塊牛排、豬排或雞肉，配以橄欖油蒜末炒櫛瓜，或法國人很愛吃的牛油炒綠菜豆（haricot vert，像小號的四季豆，但比較細嫩），拌上一小盆生菜番茄沙拉，再來半條外脆裡軟的棍子麵包或帶有天然微酸風味的酸麵種麵包，隨手開瓶葡萄酒，便可叫人吃得暢快，喝得醺然。

飯後坐在櫟樹下，喝杯現煮咖啡或薰衣草椴花茶，鄉居生活的美好滋味，都給人享盡啦。

西南法氣候溫暖，農產品豐富，每回到市集，甚或超市走上一圈，看到琳瑯滿目的蔬果、魚鮮和肉品，我都會萌生不少靈感，加上在當地各家餐廳、小館嘗過的鄉土菜色，也教會我不少新的食譜，於是三個星期下來，我又多了幾道簡單易做的拿手菜。

好比說，無花果搭生火腿。

這其實不算法國菜，而是義大利菜，只不過義大利人多半用帕馬風乾火腿，我則改用本地產的鄉村火腿或貝庸火腿。我造訪的季節，正值無花果的旺季，在傳統市集買上一盒十幾顆，不過兩歐元，合新台幣八十元左右，簡直便宜得不像話。

租住的第二間小屋更種有一棵無花果樹，結實纍纍，下廚前，先到院子裡採幾顆尚不及給鳥兒啄食的果子，用水輕輕沖洗一下，便可以擺盤，淋上幾滴冷壓初榨特級橄欖油，撒上現磨的黑胡椒，就是一盤中看又好吃的地中海式前菜。

當令的無花果，甜味特別飽滿，配上略帶燻香、鹹中帶甘的風乾火腿，滋味一甜一鹹、一鮮一陳，彼此烘托，巧妙互補，彷彿結合了青春的朝氣與成熟的風韻。

我還跟貝傑哈附近的酒莊老闆沙度先生，學會一道再簡單不過的開胃前菜：取來一份侯格堡藍紋乳酪（Le roquefort），以及一份無鹽奶油，兩樣材料一同置入碗中，用叉子不斷攪打（我後來試用四支筷子，覺得更好用——我畢竟是用慣筷子的華人），攪到兩者混合均勻，不分彼此，把這質地柔潤、滋味濃烈的乳酪醬，抹在現烤薄片吐司或薄脆的蘇打餅乾上。佐以一杯帶蜂蜜和杏桃味的貴腐甜白酒，讓香甜、鹹滑輪流在口中迴盪，真箇是天賜美味。

法國人也喜歡拿各種藍紋乳酪來配葡萄，在餐後當dessert吃，西南部的人尤其有口福，因為這裡生產一種名叫Chasselas de Moissac的青葡萄，號稱全法國，甚至全世界最高級的葡萄。它跟葡萄酒一樣，有AOC（Appellation d'origine contrôlée，即法定產區）憑證，個頭比一般葡萄小，果香豐盈，味道甜美，可惜產量不多，一出西南法就很難見到，就算買得到，價錢也貴得叫人一邊心裡淌血，一邊伸手掏腰包。

藍紋乳酪加葡萄是經典搭配，這給了我靈感，從而「發明」一道涼菜，就是把什錦生菜混合葡萄、藍紋乳酪、胡桃和鴨肝醬，淋上西南部最常見的芥末醬胡桃油檸檬醬汁，姑且稱其為「西南法的回憶」。這道不曉得算不算法國菜的自創菜色，約柏最愛吃了，我回到荷蘭後，仍不時替他做這道沙拉，雖然沒有香甜似蜜的 Moissac 葡萄，而改用一般的無籽青葡萄，丈夫仍百吃不厭。

牛肝蕈炒馬鈴薯是多爾多涅古城莎拉（Sarlat）的名菜，我卻是在佩里格買到新鮮的蕈菇，方有機會試做。

它的主要材料僅只馬鈴薯、鵝油（或鴨油、奶油）和新鮮或乾燥的牛肝蕈這三樣，做法也極簡單。先把馬鈴薯削皮、切片、洗淨，用紙巾抹乾，平底鍋燒熱，加進油，將薯片下鍋，兩面各煎兩、三分鐘，然後把切片的鮮菇或用溫開水發過的乾菇，鋪在薯片上。鮮菇會出水，用不著另外加水，要是用的是發好的乾貨，則可淋點剛才泡菇剩下的水，份量不必多，一、兩湯匙即可。然後加點鹽和胡椒，蓋上鍋蓋，轉小火，燜個十五、二十分鐘，等馬鈴薯熟透了，鍋蓋一掀，菇香四溢，便可以趁熱吃。

喜歡的話，起鍋前撒些巴西利香菜末，這樣不但顏色漂亮，還可以替菜餚增添一點清香。這道菜和煎牛排挺搭配，要是配上油燜鴨肉的話，可就是標準的西南鄉土佳餚了。

以上的做法是以賣牛肝蕈的大姊口述的食譜為主，加上我試做以後的心得綜合整理而成，熱心的大姊還順便貢獻了另一個更簡單的牛肝蕈食譜：「把紅蔥頭、蒜頭切末，用橄欖油爆香，牛肝蕈切片或切塊，下鍋，淋點白葡萄酒，加些鹽和胡椒調味。起鍋前撒一大把巴西利香菜末，就可以了，配上外皮脆脆的麵包，哎呀，好吃得你都不想吃牛排啦。」

聽來和我當年跟義大利烹飪老師學來的食譜，差不多一樣。不知道到底是法國人影響了義大利人，或者反過來，是法國人向義大利人學來這道菜？也說不定那位大姊根本是義裔的法國人？南法和西南法畢竟有不少義大利移民。

大姊是哪裡人，其實不重要，重要的是，蒜炒牛肝蕈真的美味得讓人不想吃牛排。

同樣的做法還可以拿來炒洋菇、蠔菇、生鮮香菇……或者乾脆炒盤什錦菇，反正都很好吃。

在鄉居遊期間，除了平時就熟悉的素材，我也樂於試作各種陌生的本地特產，大部分實驗都尚稱成功，也有一、兩次失手，燒出來的菜連我自己也不愛吃。

從荷蘭出發前，我擔心我的中國胃會鬧鄉愁，特地帶上一小樽醬油，以備不時之需，結果從頭到尾都沒怎麼派上用場，只有幾天早上吃煎荷包蛋時，心想醬油帶都帶了，不用也是白不用，就隨手滴了兩、三滴（老實講，是比清煎荷包蛋好吃）。除此之外，我只用了那瓶醬油一回，而那竟是我鄉居烹飪最失敗的一次實驗。

事情是這樣的，旅程的第二天，在市集上看到一種約三吋長的菜豆，形如綠菜豆，卻是白色的，想來是同種的豆類。我瞧著有趣，看這白菜豆價錢也不貴，於是一口氣就買了一公斤。

當天晚上，我用烹調綠菜豆的方法來處理白菜豆，先用滾水汆燙殺青，然後用牛油炒。結果不知道是不是燙或炒的時間不夠久，白菜豆韌得很，連咬都咬不大動，更別提品嘗它的滋味。

第二天，想起爸爸燒長菜豆的做法，就是先用大火熱油炒切段的菜豆，炒到七、八分熟，淋醬油加糖，再澆點水，轉小火把菜豆燒得甜甜鹹鹹又爛爛的再吃，這據說是爸爸江蘇老家的煮法，我小時候也滿愛吃的。

我決定如法炮製，白菜豆也不燙了，先用橄欖油炒香紅蔥頭，加進切成吋段的白菜豆，炒幾分鐘，淋醬油，撒糖，澆上半小碗清水，燒開，蓋鍋蓋，轉小火燜煮。隔了好一會兒，掀開鍋蓋，白菜豆已被醬油染成咖啡色，還是韌的咧，這白菜豆，敢情煮不爛？我宣告投降，承認這一回的實驗一敗塗地。

直到現在，我還是弄不清楚白菜豆到底該怎麼烹調才好。原想趁第二度到西南法度假時，再上市場買個一小袋，順便請教一下菜販烹煮的方法。結果由於前一季法國有某種愛吃菜豆的害蟲作怪，菜豆歉收，往日在果菜攤上堆積如山的綠菜豆，變得奇貨可居，白菜豆呢，索性失去蹤跡。

買不到實驗材料，也沒什麼遺憾，我這不又活生生多了一個重回西南法的好理由嗎?只是下一回真的得弄清楚,該怎樣把白菜豆燒成一道可口的菜。

文中提到的巴西利香菜,英文為 parsley,法文叫 persil。台灣近年多譯為歐芹,也有譯成洋香菜者,本書收錄的文章絕大部分即稱之為洋香菜。

另外,後來我知道了,文中提到白菜豆,豆莢已老,纖維特粗,根本煮不爛,而法國人要吃的,並不是豆莢,而是現剝的新鮮豆子。

徘徊聖雅各古道

西南法居遊期間，常常看到一個扇貝形標記，有的刻在木牌上，有的鑿進石板裡，一問之下，原來是聖雅各朝聖古道的標誌。不論在大城或小鄉，只要看到這圖案就曉得，自己正身在古道所經之處。

這不免勾起我的好奇心，回到荷蘭後便買了相關的書籍，一讀才知道，西南法有許多鄉鎮的發展原來和聖雅各朝聖道息息相關。於是第二回重遊西南法，手邊不但多了關於古道的資料筆記，更特別注意相關的建築物和地標，只要順路，就一定拉著約柏去拜訪一下。

聖雅各（Saint-Jacques）是何許人也？而什麼又是聖雅各朝聖道（Les Chemins de Saint-Jacques de Compostelle）呢？

在英語世界裡，聖雅各名喚聖詹姆斯（St. James），西班牙人則稱其為聖狄雅哥（Santiago）。他在西元四十四年時，因為堅持基督信仰遭到斬首，成為基督教首位殉教聖徒。傳說他的遺體被放入石棺，運至伊比利半島西北部，然而確切埋在何處，當時並無人知曉，直到西元十世紀，有人在一顆星星的指引下，「發現」他的遺體。

聖雅各埋骨之處先是建了一座教堂，後來以教堂為中心，逐漸發展成一個城鎮，叫做康波斯特拉（Compostela，意為繁星原野）。沒過多久，開始有基督徒從法國翻越庇里牛斯山，來到小鎮朝拜遺骨，這些旅人被稱為「朝聖客」（pilgrims）。

朝聖的道路主要有四條，延伸擴散出去還有許多支道，它們的起點都在法國境內，四條路線都穿越西南法，朝著同一個終點前進。根據文獻記載，朝聖風氣至中世紀大盛，當時每年有數十萬乃至上百萬的朝聖客，沿著法國境內的朝聖道，一步一腳印，千里迢迢前往西班牙。

絡繹不絕的人潮帶動了沿途村鎮的繁榮，朝聖道上興建了一座又一座巍峨的教堂和修道院，專供朝聖客借宿的客棧行業也應運而生。儘管歲月摧折，在教會和教徒的刻意維護下，朝聖道沿線有不少的寺院和信徒客棧，至今依然保有原貌。

目前，每年仍有一百多萬名基督徒從世界各地來到康波斯特拉，其中有數千人刻意捨快捷的飛機或火車不坐，偏要徒步、騎單車或騎馬，循著法國古道朝聖，這些人可以獲得一份特別的文件，證明自己是靠著雙腿、雙輪或馬兒，跋涉至少一百公里，完成心願。

聯合國教科文組織在一九九八年，認可聖雅各古道和相關的宗教建築為世界文化遺產。目前認證在案的寺院、信徒客棧等古蹟，光是在西南法就有三十多處，較出名的有波爾多的聖安德烈教堂（Cathédrale St-André）、聖瑟林教堂（Basilique St-Seurin）、聖米歇教堂（Basilique St-Michel），以及吐魯斯的聖賽能教堂（Basilique St-Sernin）等。

這些教堂多半建於中世紀，起造年代早於十二世紀末者，呈現當時風行的仿羅馬式（Romanesque）風格，特色為常有圓頂、拱廊和開得小小的窗戶，整體造型比較沉重，比方建於十一世紀的聖賽能教堂，以及佩里格的聖福杭大教堂（建於十二世紀初，有五個大圓拱屋頂）。

後來，建築技術改良，直聳雲霄的尖塔取代笨重的圓拱，牆面上多了一扇又一扇的彩繪玻璃，輕巧但富麗的哥德式（Gothic）風格興起，花了兩百年才在十六世紀蓋好的聖米歇教堂，正是其中的代表。有趣的是，初建於十一世紀末，但在十三、十四世紀大幅重修、加蓋的波爾多聖安德烈大教堂，因為橫跨兩種不同的建築時尚，兩種風格兼具。

這些教堂拜列名為世界文化遺產之賜，經費充足，因此都維修得相當好，教堂內時時飄揚著聖樂或古典樂，刻意營造古老肅穆的氣氛。我和約柏在西南法停留三週期間，雖不致逢「廟」必拜，但是那些特別有名的，或是被明定為世界文化遺產的教堂，只要有空，就會進去參觀一下。

大教堂外觀的堂皇氣派常令我震撼，內部美不勝收的彩繪玻璃、華麗的宗教文物與鬼斧神工的壁飾和雕刻，亦往往吸引我駐足細看，直嘆中世紀基督教會的財富和勢力真是不可一世。可是，在一路上看到的那麼多宗教建築中，最讓我感動的，卻不是這些恢宏壯麗的名教堂，而是一間在旅遊指南上找不到的小教堂。

這間名喚「慈恩聖母堂」（Notre Dame des Graces）的石砌小教堂，位在聖雅各朝聖道的一條支道旁，離我們客居的第二間小屋不遠。它孤獨地立在被河流切過的峽谷上方，面對一片曠野和一尊石刻十字架。

教堂裡面略顯破舊，灰白色的牆面和地面卻很乾淨，幾近一塵不染，顯然有人定期照料。室內面積很小，只夠容納六條四人座的木頭長凳，木凳也很老舊了，椅面上有些地方好似微微下陷，說不定是多年來端坐其上的善男信女留下的痕跡。

小小的祭壇上方，是室內唯一有色彩之處，那兒有三扇彩繪玻璃，正中央那一扇上頭的耶穌正在凝視空寂的室內，眼神好像有點哀傷。左右牆上原來應各有六個木頭十字架，只是右牆上少了一個，形成一小片空白，左牆上則有個十字架少了半邊，變成卜字形。

這是一間貧窮的教堂，顯然不像被列為世界遺產的大教堂那般氣勢懾人，裝飾也並不繁複華貴。然而，在這寂靜無人的所在，少了那些展示權力的雕飾，乍見這樣一間彷彿孤懸天邊的小教堂，我卻更強烈的感到某種超乎理性之上的存在，簡單的說，就是「神」。

這個神，不是大教堂裡高高在上，俯瞰著世人，叫人敬畏的神，而是與人同在，讓人想去親近、想去依靠的神，我們或許稱之為上帝、菩薩或阿拉。叫什麼，其實不很重要。

我坐在破舊的小教堂裡，想像自己是好幾百年以前一個孤獨的行者，不知已在朝聖道上跋涉多少日子，意氣慢慢消沉，體力漸漸不支，目的地卻仍遠在高山的另一側，我真怕自己撐不下去。

這一天午後，朔風野大，我照舊拖著腳步，走在蔓生的荒草叢中，四顧茫然間，遠遠卻看到有間石砌小教堂，靜靜站立在曠野的另一頭，那麼堅實，那麼篤定。我疾步前行，奔進敞開的木門，跌坐長凳上，祈禱，少頃，感到某種溫暖卻神聖的光輝籠罩著我，賜給我力量。

我張開雙眼，看見透過彩繪玻璃折射在灰白地板上的流麗陽光，抬頭一望，前方有對溫柔的目光，正在那兒靜靜地望著我，我禁不住低呼，「神哪，原來您在這裡……」

La Dolce Vita——甜美的生活

每天早上約莫七點半，屋外就傳來車輪在碎石路上滾動發出的軋吱聲，還有兩三聲汪汪的狗吠，這時我會一骨碌地從床上爬起，掀開窗簾，目送瑞琪的小車駛上公路，然後面朝著窗子下方，向正預備出門遛狗的悠娜道聲早，緊接著到浴室迅速淋個澡，讓自己整個清醒過來，再回房把還在賴床的約柏搖醒。

陽光多好，再貪睡可就辜負了大好時光。何況山間的夜晚格外寂靜，這幾天我倆都是十一點左右便就寢，一夜好眠，這會兒也該睡飽了。

瑞琪天天早上都在這時辰出門，她通常比我們早上床，每晚一過十點便向大夥道晚安，回到她和悠娜共用的大套房裡側小房間。悠娜、約柏和我會再聊個十來分鐘，直到悠娜也撐不住，告辭回房。她的床在套房的外間，和瑞琪的寢室雖僅隔著一道薄壁，但是只要輕手輕腳，並不會吵到室友。

我和約柏最晚回臥房，我睡前習慣看一會兒書，把床頭燈壓低，以免打擾丈夫。約柏大概是平日在大學的研究工作太勞心，自我們來到奇揚地谷地以來，身心一下子放鬆，每晚都是一沾枕就睡，天天不睡足八個鐘頭絕不起床。

瑞琪一早出門，是為了到格雷微的麵包坊去買新鮮的麵包和可頌，後者在義大利文叫 cornetto，味道比法國的甜，有的裡頭還塞了卡士達奶油（custard）或巧克力餡，這時就不叫做可頌，而稱之為 brioche，更甜。義大利人好像挺愛吃甜食，他們一大早喝杯加糖的濃縮咖啡或卡布奇諾，再來個加餡或不加餡的可頌，便是早餐。

我早上本就吃得少，這種簡單的早餐甚合吾意。另外三個荷蘭人卻不然，從小習慣一早就來上兩三片麵包，加乳酪或火腿，這會兒人雖在義大利，胃卻還是荷蘭胃，不這麼吃，胃腸就是不踏實。這跟有些台灣同胞每一餐都得吃上幾口白飯，否則老覺得自己沒吃飽，想來是差不多的道理。

早餐桌上，少不得咖啡和茶，為了配合喝不慣濃縮咖啡的悠娜，我們都是喝荷蘭帶來的濾泡咖啡。瑞琪則喝紅茶，因為一旦出了門，「到外頭就沒像樣的茶了」。

瑞琪對義大利咖啡店和餐館賣的茶，很有意見。這裡的 bar 或 caffè，多半都只備有普通的茶包，不供應散裝的茶葉，加上泡茶的熱水又取自濃縮咖啡機，水溫頂多八十幾度，泡出來的茶怎會好喝。

義大利咖啡館不講究茶的品質，有其現實的理由，因為一般義大利人到咖啡館根本就不喝茶。他們多半是站在吧檯邊，點杯濃縮咖啡，加上一大匙糖，一飲而盡，隨即走人。我偶爾看到有客人點茶喝，十之八九是外國觀光客，比方受不了濃縮咖啡的瑞琪和悠娜。

我很慶幸自己喝得慣義大利式濃得不得了的咖啡，約柏更是如魚得水，早餐桌上的荷蘭咖啡都只是意思意思，喝個一杯解解渴，絕不多飲，因為待會兒就可以下山，不論是名勝古蹟也好，名不見經傳的小村小鎮也好，只要有 bar 和 caffè 的地方，就有好喝而且絕對道地的 espresso。「那才是真正的咖啡。」約柏如是有云。

我們在餐桌上慢慢享用早餐，一邊討論這一天的行程，要是想出門觀光，席耶納（Siena）和聖吉米釀諾（San Gimignano），駕車一個鐘頭左右到得了，甚至可以搭客運。不想跑遠的話，就下山到格雷微，隨意逛逛，買買菜，或到露天咖啡座喝杯飲料，坐坐聊聊，觀望市井人生，盡興了再回山上，要麼到山頂的小館邊吃 pasta 邊俯瞰谷地風光，要不就由我做清淡的午餐，四個人在自家的院子裡喝點小酒，吃盤沙拉或火腿臘腸配大蒜麵包，餐後隨個人的興致，是要做日光浴啦，在樹蔭下看書乘涼啦，還是要帶狗兒到樹林裡散散步，都行。

初秋的托斯卡尼，黃昏來得比夏季時分早，但也要七點多才暮色四合，我們晚飯因之開得也晚，八點左右才上桌。我在那兒待了短短一週，倒做了四次晚餐，其他三頓則是到山頂的小館或格雷微的餐廳。這樣的安排，別人覺得如何，我不得而知，我自己以為很不錯，因為這一方面大大地滿足了我在托斯卡尼廚房做義大利菜的心願，二方面又可調劑調劑大家的胃口；頓頓都上館子吃，太膩了。

說實在的，我原本並不知道，度假可以是這麼愜意，卻又這麼豐富。

我也曾經以為好不容易出國一趟，一定要把握分分秒秒多去幾個地方，才能多長一點見識。於是，我早上看古蹟，下午逛博物館，到了晚上，吃飽飯就回旅館未免太無聊，乾脆去坐船遊河或看表演。我天天從事著如此「充實」的行程，幾天下來，好像看了很多，可是那些地方、那些經驗，似乎都跟我沒有發生什麼真正的關係，以至於回國之後，別人問我有什麼感觸，竟楞楞地說不清楚，再一尋思，讓我回味再三的，常常不是那些名勝古蹟，而是浮光掠影的某些時刻。

那些時刻往往是別人的日常生活中一個尋常的片段，比方在街坊菜市場的一角，看到聽到菜販和顧客熱心地討論今天是蘿蔔較甜，還是黃瓜較脆，我儘管只是旁觀的過客，卻似乎也體會到市井生活的簡單況味。

我漸漸發覺，作為一個來到異鄉的旅人，觀察那裡的人怎樣過著他們每一天的生活，往往比參觀名勝古蹟，更能帶給我樂趣。可以的話，我也想試試看過這樣的日常生活。

可惜，在這以前，我並不曉得這世上還有「居遊」的度假方式，能夠或長或短地讓人「換種生活過過看」。我所謂的居遊，是指找個自己喜歡或嚮往的地方，租間房屋或公寓，一住至少一兩個禮拜，以那裡為暫時的家居基地，既可四處遊覽，也可過過不同的日子。

早知道的話，我年輕時至翡冷翠上為期一週的烹飪課時，就不會下榻在久住真令人氣悶的旅館，而該租一間按週收費的小套房，白天上完課，就去雜貨店、市場買食材，晚上在自己的小廚房演練新學的幾招，看自己到底學會了沒有。

我來過義大利好幾次了，直到這一回，才真正隨著托斯卡尼居民的步調過日子，這才結結實實地感受到，義大利人所謂的甜美生活（la dolce vita），究竟是什麼滋味。感覺上，我彷彿是在借來的時空裡，過著一段借來的人生，因其短暫，更覺得美好而珍貴。

和兩位荷蘭女士共同度過的托斯卡尼假期，是我首度嘗試居遊，一試就愛上。不過我的第一本居遊書，主題卻非托斯卡尼，而是西南法。《我在法國西南，有間小屋》在二〇〇四年出版後，迴響頗佳，令我有了動力，將這短短一週的第一次居遊，加上後來在盧卡一待半個月的經歷，寫了第一本居遊書《我的托斯卡尼度假屋》。

卡瑟拉斯農莊的一天

7:00
偶爾賢慧之必要

一大早，猝然醒來。

並不是公雞啼聲吵人，農場上好幾隻公雞想必早在天色猶暗時便接二連三，咕咕叫個不停，我剛來農莊的前兩天早上，睡夢中還聽得見雞鳴不絕，這會兒習慣了，隨公雞怎麼啼，都擾亂不了我的清夢。

然而今天一大早才六點，還沒睡夠呢，就被雷聲嚇醒。雷似乎打在近處，轟然一聲，像快撕裂天空一般，還好夜裡怕著涼，臨睡前闔上了窗板，拉緊了窗簾，否則雷鳴加上閃電，更可怕。

雷聲雖震耳，打了幾下也就停了，不像前天晚上，晚餐燒到一半，突然雷電交加，轟鳴聲不絕於耳，斷斷續續竟持續了近大半個鐘點，雨卻偏偏不下。後來，終於落雨了，屋子也跟著停電。這時方恍然大悟廚房的櫥櫃裡、客廳的書架上，怎麼到處都擺了點過的蠟燭，想來農場不但手機和電視訊號會不時中斷，供電系統也不很穩定。幸好停電時間不算太久，偶爾燭光晚餐也挺有氣氛。

我在床上賴了一會兒，聞到陣陣的煎蛋和麵包香，想來是早睡早起的好友小麥在做他的早餐，喚醒我的，說不定正是早餐的香味。

我決定起床，打開房門，好友果然在廚房兼餐室一邊看電子書一邊用早餐。小麥這位大忙人，平日在台北也是一大早起床，有時還會去早泳，生活習慣可比我和約柏好多了。

「這一屋子就少了咖啡香啊。」我說，一面煮起咖啡。

剛起床，還不大餓，先喝杯牛奶咖啡，熱個牛角麵包得了。這麵包是昨天在離此最近的小鎮聖塔科羅瑪德圭拉買的，長相一如法式可頌，味道卻不大一樣，因為麵團摻的不是奶油或馬格琳，而是豬油，據說是加泰隆尼亞口味，味道嘗來略似中式的酥皮點心，只是沒包豆沙或肉餡。看看錶，才七點過一刻，約柏不到八點是不會起床的，等一下再陪他吃點乳酪、伊比利火腿什麼的，就可以撐到中午了。

推開客廳厚重的木門望出去，天上仍積著大片大片的雲，雲朵的邊緣透著金光，隙縫間看得見藍色的天空。拜託老天爺給個好天氣吧，下兩場陣雨無所謂，只要別淅瀝瀝下個不停就謝謝了。

不知道是季節入秋，山區氣候多變使然，還是加泰隆尼亞內陸地區總是如此。這幾天以來，除了有一天晴空萬里、和風輕拂外，幾乎天天都是晴時多雲偶陣雨。我們初來乍到的頭兩天，沒摸清老天爺的脾氣，一早開車出門玩耍前，看豔陽高照，還用舊式洗衣機洗了衣服晾在院子裡。下午在外頭轉悠時，看天邊灰雲密布，雲層好似壓在山頭，心中就暗叫不吵，待傍晚回農莊一看，果然，晾在曬衣繩上的衣物半濕不乾，顯然被雨打濕後又經太陽曝曬，這下子只好統統扔回洗衣機裡再洗一遍，從此不敢把衣服晾在外頭不管，直接掛在洗衣房中，反正這兒濕度適中，陰一個晚上，一早晾在陽光下個把鐘頭，待要出門前再收進屋裡，晚上便又有乾爽清潔的衣服可穿。

就這樣，我每天早晚都在玩晾衣服、收衣服的把戲，卻不以為苦，反而有莫名其妙的成就感。嗯，偶爾也要「賢慧」一下的，何況，這樣小小的勞動，還真的給了我一點改換身分的錯覺，在一晾一收間，居然有了改當農婦，體會農莊生活的錯覺。

10:30
每朵烏雲都鑲有金邊

我手邊所有的旅遊指南都說，蒙特塞拉（Montserrat）是加泰隆尼亞人的「聖山」，說它在獨裁者佛朗哥將軍當政時期，是加泰隆尼亞文化的燈塔，說那山丘上有修道院、教堂，教堂中供奉著加泰隆尼亞守護者黑色聖母的聖像，每天還會有唱詩班定時獻唱對聖母的頌歌〈蒙特塞拉聖母頌〉（Salve Regina y Virolai）。

凡此種種，都指向一件事：蒙特塞拉，非去不可。因此，早上不過十點半，我們這三個遊客就從農莊出發，前往東邊不到六十公里的蒙特塞拉，這樣肯定不會錯過下午一時的聖詩演唱。

早前去巴塞隆納機場接小麥時，中途便曾在快速道路上看到路邊的山景。雖是驚鴻一瞥，便已被那奇景所吸引。蒙特塞拉的西班牙文原名意譯成中文實為鋸齒山，其整片山嶺也真是奇岩突起，怪石嶙峋，有點像中國山水畫中的山景，遠觀不但氣勢磅礴，還帶著一絲神秘氣息。

這會兒，總算可以近看這獨特的景致了。我們在蜿蜒的山路上朝山而去，每一轉彎就是一陣驚嘆，山岩凹凸不平，乍看猙獰粗獷，長條的石縫中卻冒出矮小的灌木，給荒蕪的山景增添些許生命力，不禁聯想起蘇東坡膾炙人口的詠山詩句，「橫看成嶺側成峰，遠近高低各不同」。蒙特塞拉特山景果真壯麗又奇特，令人湧現無窮的想像，有一說為，這座聖山實乃天才建築師高第設計巴塞隆納聖家堂的靈感來源，依我看，這說法可靠。

可惜，蒙特塞拉給我們的驚喜，卻差不多到此為止。

約柏不時停下車來拍照，想把眼前的景象捕捉下來。我們一路走走停停，總算到了管制閘口，隨著前方好幾輛車，魚貫駛入，不久，我便看到一輛又一輛轎車和大型遊覽車停靠在路旁，從閘口到修道院這一路上，靠山崖的一側全劃了停車格。約柏原想把車停得離修道院入口近一點，這樣可以少爬一點坡，然而這根本是妄想，眼前哪有車位啊。

說實在的，就在我們繞來繞去找不到較近的停車位時，我心中就該有所警惕。那是第一個不很妙的跡象，但是當時我並未留心。

我們停好車，安步當車沿著馬路往上爬，接近登山索道纜車站時，看到馬路上有兩排臨時攤位，賣些乳酪香腸、項鍊耳環等等，其實就是加泰隆尼亞一般觀光區看得到的紀念商品。這是第二個跡象，可是我還是沒注意到。

然後，我們終於走到照片上和實際上看來都巍峨宏偉的修道院和廣場了，其間主要的差別是，照片中看不出來不論是修道院的主體建築、大教堂，還是博物館，所有建築物的型式雖然古典，卻比預期中「新穎」。自助咖啡店、餐廳、旅遊諮詢中心、紀念品店和修道院附設的旅館等等，每一幢從事商業活動的樓宇更是格外光潔。

我本來就從旅遊書上讀到，修道院在十九世紀初法國和西班牙交戰時毀於戰火，卻未料到重建後的蒙特塞拉竟如此「亮麗」，顯現其財力之雄厚。

遊人如織，熙來攘往，不單有西班牙本地遊客，還有更多來自東歐、德國、日本、中國大陸的旅遊團。大夥擠在旅遊中心、商店和餐飲店裡，連教堂都人滿為患，善男信女大排長龍瞻仰黑色聖母像，期待摸一摸聖座，祈求福氣。隊伍自華麗堂皇的大教堂內蜿蜒至室外，不見龍首，只見不斷在變長的龍尾。老實講，我從未見過如此熱鬧的教堂，連威尼斯的聖馬可教堂都難望項背，於是想起台灣若干香火鼎盛的寺廟，有一股煙火繚繞的人間氣味。

這時，我終於想起前頭種種不祥的跡象，不再指望能感受到多少聖潔的氣氛，索性當成觀光勝地，來此一遊，走馬看花就是了。本來很想責怪手邊幾本旅遊指南，不該令我有錯誤的期待，可是回過頭來想想，指南只能客觀提供旅遊資訊，不保證人人都能如入寶山，蒙特塞拉的確是加泰隆尼亞聖地，而教堂中的黑面聖母就像媽祖之於台灣，是加泰隆尼亞信仰的中心，是以大夥蜂擁而來，想一睹聖母像真蹟，人潮之洶湧自然就不亞於初一十五的媽祖廟了。

要怪也只能怪我不夠了解加泰隆尼亞文化，更無法領受信仰的魅力，失望，根本是自找的。既來之則安之，就盡量感受一下熱鬧的氣氛，等待教堂唱詩班獻詩演唱吧。不到一點鐘，三人回到大教堂，哇，人山人海，椅凳、走道、大殿兩側凹進去的小禮拜堂（chapel）裡和台階上，能坐人、站人的地方，萬頭攢動。雖然大部分人都設法壓低嗓門，但是畢竟太多人了，談話、走動的聲音匯聚成流動的烏雲，盤旋在高聳的拱頂下方，嗡嗡營營。

然而，當穿著白衣黑袍的男童唱詩班一引吭高唱，所有雜沓的聲音都隱遁了。套句常見的廣告詞，這一群孩子果真擁有「天籟般的美聲」，且是未經華麗技巧修飾過的歌聲，和諧純淨動人，我雖聽不懂拉丁文詩句，卻似乎能領會詩歌中所頌讚的聖母慈恩。

感謝這些孩子，讓我又感受到宇宙間依然存有某種聖潔的力量。西諺有云，「每朵烏雲都鑲有金邊。」（意即，撥雲見日，天無絕人之路。）對我而言，蒙特塞拉男童唱詩班（Escolania de Montserrat）就有那雙編織金邊的巧手。

呃，不過我得承認，當時我還是有一點壞心眼地聯想到阿莫多瓦的電影《壞教慾》★。

阿爾薩斯的陽光與晨露

已經上午十點多了，夏末秋初的陽光和暖怡人，除了我們以外，小村古老的石板路上，看不到一個遊人。夏天的旅遊熱潮已過，採收葡萄的旺季尚未來臨，我和約柏刻意選了夾在當中的九月上旬，來到法國東北部阿爾薩斯的酒鄉，並在「葡萄酒之路」（Routes de Vin）沿途的一百多個大小村鎮中，挑中距離大城科馬尚有幾十公里路程的這個相對不知名的小村，作為遊覽美酒勝地的據點，所圖的無非就是這份淡季才有的靜謐。

一如葡萄酒之路上其他村鎮，整個小村沿著酒路而發展，仰賴葡萄酒帶來的觀光和商業機會而生存，房舍屋宇多半建在路邊，屋後淨是葡萄園，村

★在阿莫多瓦（Pedro Almodóvar）編導的《壞教慾》（*La mala educación*）片中，有西班牙小鎮教會學校神父性侵犯美聲男童的情節。

內酒莊林立，走沒幾步路就有一家，統統歡迎遊客進去試飲。

我們昨天抵達時，已接近晚餐時分，酒莊多半已經打烊，只能望門興嘆，當時便打定主意，今天非得達成這一回來阿爾薩斯的一大心願，痛快地在產區各家酒莊細品當地佳釀。

對台灣人來說，阿爾薩斯比起法國其他葡萄酒產區，算是比較陌生的地方，這或許是因為此酒區乃以六種白酒為主力產品，而紅酒只有一種的緣故。不少台灣人相信飲紅酒可以補身，又把法國紅酒和「高品味」畫上等號，致使島上有一陣子很流行喝紅酒，飲用白酒卻未蔚為風氣，以白酒取勝的阿爾薩斯因之不易在台灣闖下大名號。

阿爾薩斯的白酒以「雷絲玲」（Riesling）葡萄釀製的最出名，據說是此區品質最好、最穩定的酒，可是我偏愛的，卻是「白比諾」（Pinot Blanc），前兩年偶然間喝到之後，就被其清新、圓潤且平順的風味所收服，偏偏白比諾出了阿爾薩斯卻不大風行，較難喝到，令我好生想念。因此，雖然尚未到中午，喝酒有點嫌早，我卻已迫不及待地展開品酒之旅，反正我是在度假，真要有醉意，回旅館睡覺也就罷了。

村裡的酒莊多半坐落在一條勉強可供兩輛汽車擦身而過的鋪石馬路兩旁，可別小看了這條狹窄且石板鋪得高低不平的小路，它也是葡萄酒之路中的一小段。我們站在路邊綴飾著鮮花的小噴泉旁邊，一時拿不定主意該上哪家去，決定見機行事，邊逛邊瞧再說，於是信步向位在村中心的老教堂行去。

走沒幾步，見到一家酒莊的大門敞開，我好奇地向院子裡探望，看不到人影，卻見一張斑駁的木桌上，擺著酒瓶樣本，旁邊還懸掛著一個老式銅鈴，紙板上用法文標示著：「欲試飲者，請搖鈴。」約柏按指示搖鈴，果然有人從庭院的另一頭前來，那是位銀髮老先生，含笑著說：「日安，要試飲是嗎？」

老先生隨即推開大門邊通往酒庫的厚重木門，夾著酒香的清涼空氣從酒庫內迎面拂來，我們尾隨著他進入，只見一箱又一箱的葡萄酒，堆疊在一列又一列的藏酒櫃上，待價而沽，應該有成百上千瓶吧。

他示意我們倚著玄關的木頭吧檯而立，自己走進吧檯裡面，取出兩只酒杯，放在我和約柏面前，開始聊起阿爾薩斯的天氣和風景，好一副神定氣閒的模樣，顯然不急著請我們試飲，好快快賣酒賺錢。閒談好一會兒以後，老先生終於問道，「想試哪一種呢？」還用說嗎？當然是白比諾囉！

我目不轉睛地注視著老先生轉身至冷藏櫃裡，取出了一瓶尚未開的白比諾，當著我們的面旋開木塞，斟了少許酒到杯裡。我啜飲一小口這晶瑩剔透的淡金黃色汁液，帶有微微果香的芬芳氣息霎時充盈口腔，不甜不澀，果然是令我懸念已久的佳釀。

老先生問，「覺得怎麼樣？」「好極了！」我說，並感覺那股芳美的滋味，從口舌之間滲透到唇邊，化為一抹幸福的微笑，「好像喝到了阿爾薩斯溫柔的陽光和晨露。」

老先生也咧嘴笑了，「那敢情好，今年的陽光比去年更溫柔，更適合葡萄生長，釀出來的酒絕對更好喝，明年請再來玩吧。」

我含著笑，再啜飲了一口清涼的白比諾，點點頭說，「好，我們明年再見。」

我望向古老的木門外面，阿爾薩斯此刻陽光依然燦麗。

「流浪之味」這一輯中，除了〈夢幻的費雪漢堡〉來自《吃．東．西》，其他算是旅遊散文，大致可分為兩部分。

第一部分多半寫於我移居荷蘭前，那時我在台灣有兩個固定專欄，其一為每週一次的《中國時報》專欄，配合我在台北愛樂電台主持的週末塊狀節目《羅西尼的台灣廚房》，寫飲食和音樂；另一是《To Go》旅遊雜誌專欄，每月一篇，寫旅遊與飲食。

第二部分我稱之為「居遊文」，全部寫於我定居荷蘭的三年後。

那是尚無 Airbnb 的時代，我搬至歐洲後，才發覺有不少歐洲人出外度假旅遊，並不喜歡下榻於旅館，甚至不住 Bed & Breakfast（提供床位和早餐的民宿），而是在異地租一間民宅，短則一週，多則一兩個月，以那幢房子為暫時的住宅兼旅遊基地，以那裡為中心，做輻射狀的漫遊與慢遊。

因為是一般的住屋（當然啦，有的豪華，有的比較平實），屋裡往往附有廚房，方便旅遊者自行煮炊，對於像我這樣愛逛傳統市集、愛吃又樂於烹飪的人而言，這種假期真是再理想也不過，而我又是那種吃了一碗好吃的麵，或看了一部好電影後，會很想與朋友分享的人，於是動念寫書，好把這種完全符合我脾性的度假方式，介紹給家鄉的讀者。這種旅遊，英文叫做「自炊假期」（Self-Catering Vacation），實在拗口，加上我覺得在異地旅遊的時光中，自己常常也像是個居民，遂決定將之稱為「居遊」，藉以傳達那半居半遊的感受。

收在本書中的數篇文章，依出版年分，分別來自於《我在法國西南，有間小屋》、《我的托斯卡尼度假屋》、《從巴黎到巴塞隆納，慢慢走》。

輯三

生活之味

如何謀殺一顆雞蛋

聽人自謙不擅廚藝，說：「我什麼都不會，就會炒蛋。」天知道，要炒好一盤雞蛋，並不是一件容易的事。光是把蛋打散進油鍋炒炒，炒出來的不見得難吃，可是好吃的機率也不大，頂多「還可以吃」。

我在朋友家吃過炒得特別金黃滑嫩的雞蛋，掌廚者是她七十多歲的母親，經老太太指點方知，炒蛋時需多放油，火不宜太旺，打蛋時則得打進少許的太白粉水，最後這一點正是使炒蛋又滑又嫩的關鍵所在。這跟西式炒蛋（scrambled eggs）有異曲同工之妙，做西式炒蛋一定要加牛奶，能加鮮奶油的話更妙，如此炒出來的蛋肯定香滑腴嫩，只是熱量高了點。

看到這裡，或許有人會想，炒個蛋這麼囉嗦，那煮蛋算了，水煮蛋可就不麻煩了吧。唉，水煮蛋比炒蛋更難，已故美國飲食文學名家費雪（M.F.K. Fisher）在她的經典作《如何煮狼》中，有一篇談到雞蛋，標題就叫〈如何不去沸煮一顆蛋〉，告誡讀者切切不可糊里糊塗地把蛋扔進沸水中大煮特煮，這可就大錯特錯了。

費雪在書中提出了好幾種可把蛋煮熟卻依舊柔嫩的辦法，其中最佳之法是，「把蛋放進小鍋中，用冷水蓋過蛋面，以大火煮，等水一開始冒泡，蛋就煮好了」。我試過此法，卻發覺這樣煮出來的蛋黃太生，不過費雪後來在修訂版中添加了旁註，說明熄火後需將蛋留鍋中，待水冷時再取用，但是她同時承認，這樣燜熟的蛋雖然很嫩，卻往往不好剝，常會把一半的蛋白連同殼一起剝掉。

那麼，完美的煮蛋法到底是什麼？你還能說，煮蛋是件簡單的事嗎？

我聽說，要把蛋煮到溏心卻容易剝殼，有兩個方法，一個是在水中加醋，另一個是加鹽。兩種我都試了，加醋法效果好些，但我總覺得，那醋穿透蛋殼上密布著的細孔，滲進蛋白裡，吃來有一點不是滋味。加鹽法對味道的影響較不顯著，可惜效果沒有加醋好，不好剝的蛋，還是會跟你「搗蛋」。

我愛吃溏心蛋，尤愛撒了上等鹽之花的溏心蛋，樸素中自有不凡美味，早上有幸吃上一兩顆，我一整天都心情愉快。但我無法否認，自己並不擅煮蛋，一顆煮到恰到好處的溏心蛋於我幾乎是可遇不可求，不但與蛋（當然還有下蛋的那隻母雞）本身的狀態還有水溫有關，甚且和煮蛋時的濕度、溫度、風向，乃至煮蛋時的心情都脫不了關係，不由得想起王爾德的一句話，「每一顆蛋都是一次歷險。」

話說回來，再怎麼不會煮蛋，頂多對雞蛋犯了重傷害罪，無論如何也不比謀殺來得嚴重，也絕不會比我在荷蘭鄉下一家中國餐廳吃到的一道雞蛋菜餚更難入口，其菜名挺好聽，叫芙蓉雞肉。芙蓉在中國北方指的是雞蛋，這一點常識我有，看過梁實秋先生在《雅舍談吃》提及。他在書中還寫了另一篇文章，講到芙蓉雞片，其做法為將雞胸肉「細切細斬，使成泥，然後以蛋白攪和之，攪到融和成為一體，略無渣滓，入溫油鍋中攤成一片片狀」。

這芙蓉雞肉和梁先生筆下的芙蓉雞片，不知相差幾何，我真是好奇。結果呢，菜一上桌，哪裡是我以為的雞肉煎蛋，根本就是一大塊煎得厚厚的蛋，澆上了甜酸雞片。一嘗，那蛋也不算難吃透頂，問題出在那紅通通的甜酸汁，就是勾了芡的番茄醬加味精，此外沒有別的顯著的滋味。相信我，如果想謀殺雞蛋，沒有比這更好的辦法！

想不起來自己寫這篇雞蛋文時，為何竟未提及煎太陽蛋和荷包蛋，因為我最常吃的，其實是這兩種煎蛋。

兩者的差別在於，太陽蛋只煎一面，荷包蛋則需在蛋白呈半熟狀態時，用鏟或筷子將蛋從一側疊向另一側，對折成半月形，肖似古時裝銀錢的荷包。

美味關鍵則相同，就是蛋白邊緣宜煎得金黃，亦即「赤赤的」。我還喜歡在起鍋前，在鍋邊嗆一點醬油，那迷人的焦香對我有療癒作用。

海畔有人

泰莎滿十八歲，上大學了。她搬離鄉下老家，在鹿特丹市區跟人分租公寓，也算是自立門戶。室友中有位中國留學生，據泰莎說，人挺和善，兩人在公用廚房裡碰到都會聊個兩句。

「可是，有件事我一直不敢問她，」泰莎說，「她有時會吃一種很難聞的中國食物，一玻璃罐紅紅黏黏的，裡面泡了不知什麼，一塊塊，很噁心。她只要一拿出來，我就不敢進廚房，聞了想吐。」

我一聽就明白，「那是一種豆製品，叫豆腐乳，Chinese blue cheese 啦。」

把腐乳比擬為藍紋乳酪，一來是為了讓泰莎這位荷蘭姑娘有個參考座標，二來這一中一西兩種食品的確有共同點，兩者原料雖有異，製作原理和方法卻差不多，氣味也都腐臭，偏偏海畔有逐臭之夫，我正是其中之一。

腐乳簡單講就是發酵豆腐，大致做法是把較硬的豆腐切成小方塊，接種上毛黴菌或根黴菌，任其發酵熟成，接著以鹽醃之，最後加進調味料浸泡而成。按照傳統，前後需要大約一個半月到半年，熟成醃漬得越久，腐乳就越老，腐臭味自然越重。

台灣常見的腐乳有黃、白、紅三種，黃腐乳最普遍，傳統市場的醬菜攤有散裝貨，製作時加了黃豆麴，有一點甜，一般拿來佐粥；紅、白腐乳比較「外省」口味，白腐乳通常浸了麻油，紅腐乳泡的則是辣油，兩種都偏鹹，也適合送粥，拿來炒菜、蒸雞或燉肉時，需注意鹽量。

市面上還有嶺南人愛吃的南乳，是紅腐乳的一種，因為加了紅麴，外層裹著深紅的濃漿。廣東人形容此物「惹味」，它那黏糊糊的模樣卻嚇到了像泰莎這樣的「老外」。

腐乳在中國歷史上起源於何時，始終沒有定論，據說應有一千多年了，可以確定的是，腐乳在明代已很普及，還傳到琉球王國，成為權貴人家的補品。十年前，我和朋友赴沖繩旅遊，在那霸一家居酒屋小酌，掌櫃大力推薦特製下酒「逸品」，我們欣然同意，端上桌來的赫然是一方紅腐乳，一嘗，不很鹹，帶點酒香，味道還不錯，只是當時突然很想來碗稀飯。

藍紋乳酪的歷史應早於腐乳，公元七九年，羅馬博物學家老蒲林尼就在著作中提到藍紋乳酪的美味，據說他指的是當今與 Gorgonzola、Stilton 並稱世界三大藍紋乳酪的 Roquefort 乳酪。

藍紋乳酪的原料當然是奶，綿羊、山羊和牛奶都有，看當地產哪種乳而定，比方法國的 Roquefort 用的是綿羊乳，義大利的 Gorgonzola 和英國的 Stilton 的原料則皆為牛乳。

首先需要按一般的乳酪製法，將原料乳加工做成新鮮的白乳酪，接下來則須促使乳酪發酵。一如豆腐乳，這也得靠黴菌幫忙，接種的是青黴菌，熟成好的乳酪因此布滿青藍色花紋，故名 blue cheese。藍紋乳酪的熟成期起碼一個月，遵照古法製造的 Gorgonzola 甚至得熟成一年，最少也需要三、四個月。

腐乳也好，藍紋乳酪也好，即使只發酵熟成一個多月，依現代的標準來看仍是「慢食」，乃時間醞釀而成的食物，甚至是「置之死地而後生」的食物。你瞧那豆腐與乳酪明明已長滿了黴，眼看就快腐臭得不堪一食了，可是從那腐朽的滋味中，卻生出一股幾乎可稱之為「活色生香」的味道，在舌尖上跳著亡靈之舞，挑逗誘惑著貪嘴的人。

人類不分東方和西方，都在腐味裡吃出生的滋味，可就在雙方津津有味地品嘗美食時，卻也有人忍不住指責對方吃的東西令人作嘔。我只能說，這全是習慣使然，基因作怪。華人吃腐乳千年了，基因記憶裡已有了這一味，卻還來不及熟悉藍紋乳酪；西方人呢，顛倒過來，卻也是半斤八兩。

所以，何必互相嫌棄？不妨來試做有位朋友教我的食譜，很簡單，用橄欖油煎香蒜末，倒入白腐乳連汁（我喜歡用老舖名揚坤昌行的麻油乳腐），加少許煮麵水，攪一攪使之成醬，拌上煮至彈牙的義大利麵條，撒點乾烤的松子、胡椒和洋香菜末就成了。我家洋人就是吃了這道不中不西的麵食，發覺「中國藍紋乳酪」其實也不很臭嘛。

柳橙不是唯一的水果

星期天早上，窗外的遊艇碼頭毫無動靜，整幢公寓大樓也悄然無聲，聽不見鄰居砰然關門或行經走廊的腳步聲。空氣中浮盪著橙皮飽滿濃烈的香味，我站在料理檯前榨著橙汁，電動榨汁機的聲音在寂靜的早晨顯得格外吵雜。

「柳橙不是唯一的水果，」英國女伶奈兒．葛溫（Nell Gwynn）三百多年前如是有云，然而一到週日，我一早卻一定要用半籃柳橙榨上一壺橙汁，喝上滿滿一大杯，這不但是我給自己辛苦一週的獎賞，更已成為某種儀式，我喜歡生活裡有這樣小小的儀式。

《柳橙不是唯一的水果》也是英國作家佳奈．溫特森（Jeanette Winterson）的第一本小說，其內容既不在探討柳橙的歷史，也沒寫到柳橙的食譜，溫特森之所以引用葛溫的名言為書名，箇中自有曲折。

葛溫是十七世紀英國復辟時代的代表人物，她出身低微，原是在劇場裡售賣柳橙的「橙女郎」（據說，她除了賣水果，可能也兼賣皮肉），其人貌美且冰雪聰明，這樣的人才自然不甘心臣服於現實，一句「柳橙不是唯一的水果」言簡意賅，道盡她的企圖心。那個時代在英國，女人原本是不能上舞台演戲的，不服氣的葛溫卻憑著毅力和手腕，打破階級限制與性別藩籬，粉墨登場，成為英國最早期的女演員。

一九五九年出生的溫特森這二十多年來在英國文壇很受注目，她出版於一九八五年的《柳橙不是唯一的水果》，帶有濃濃的自傳色彩，敘述一個和作者同名的孤女由基督教聖靈降臨教派教友撫養長大，養父母信仰狂熱，尤其是養母，在她的小宇宙中，凡事非黑即白，凡人非友即敵，說到水果，那就只有營養豐富又便宜的柳橙了。小佳奈生病住院時，養母給女兒僅有的安慰是皮包裡的一顆柳橙，就好似柳橙這唯一的水果足以取代親人一句貼心的問候、一個溫暖的擁抱。

在虔誠的養父母教育下，佳奈兒時倒也爭氣，愛基督如愛父母，眼看著她長大以後將完成長輩的心願，成為傳播福音給世人的傳教士，偏偏上帝自有別的安排，少女佳奈逐漸發覺，正如地球上不僅限於柳橙一種水果，這世間也有一些女人和男人愛戀的對象和自己是同樣的性別，而自己正是其中之一。覺醒的道路苦澀多於甜蜜，但是佳奈仍選擇自由，選擇走上這一條路。

我何其有幸，有一對開明的父母，當然知道也同意柳橙不是唯一的水果——起碼還有橘子嘛。然而我依然有所不知，在進口柳橙來到台灣前，我並不曉得除了台灣人熟悉的柳丁外，世上尚有好多種我不認識的柳橙，比方臍橙，甜美芬芳且無籽，最宜直接食用；晚崙西亞橙甜中帶酸，飽滿多汁，拿來榨汁最棒；還有苦橙，皮厚又苦澀，卻適合做英式 marmalade 果醬。

而不論哪一種柳橙，皆為近幾百年來不斷改良或雜交的品種，追溯其源頭都是華南或印度北部，我移居荷蘭後還發現，柳橙的荷文 sinaasappel 和德文 apfelsine 直譯成中文就叫「中國蘋果」，說明了近代以來柳橙遷徙的歷史。

此外，我原本亦不知柳丁之名其實是誤寫，我們的老祖宗當初將原產廣東新會的柳橙引進台灣時，將「橙」字寫成在閩南語中與之同音的「丁」，這無心之錯流傳至今天，而柳丁的滋味也已不同於新會橙，成為獨一無二的台灣橙了。

總之，柳橙不是唯一的水果。星期天早上，我鄭重其事地喝著現榨的橙汁，金黃的汁液涼涼地從舌齒間沿著喉嚨滑下，香甜微酸，刺激了尚未完全清醒的感官，也促使我想起一些或許無足輕重的小事，就算不值一提，聽聽應也無妨吧。

溫特森是我最喜歡的當代小說家之一，記得當初應邀翻譯其第一本小說，也就是《柳橙不是唯一的水果》時，簡直是喜出望外，但也因此格外惶恐，就怕自己的譯筆無法忠實呈現原作之靈巧慧黠。

還記得那時埋首案前，字字句句推敲，卻不時忍不住起身，真的是繞室三匝，口中喃喃自語，這位作家怎麼這麼會寫啊。

譯者生涯中只有三位作者讓我體會到這般「情不自禁」的時刻。另兩位是我的偶像M.F.K. 費雪，還有爵士樂書《然而，很美》的作者傑夫．代爾（Geoff Dyer）。

高麗菜的他鄉故土

晚上又想吃家鄉味，一早先到露天市場買魚，海鱸正當令，飽滿的魚身在晚春的朝陽下閃著銀光，魚眼清澈明亮，魚肉按下去也彈性十足。這種現流的野生鱸魚比吃飼料的養殖魚滋味細膩多了，大火清蒸，撒蔥、薑絲，淋少許好醬油和熟油提味，就鮮甜得很。

家裡還有盒裝的木棉豆腐，加香菇、蔥段紅燒好了。湯呢，更好辦，冷凍櫃裡常備自家熬的雞骨高湯，滾了扔進切塊的番茄，幾片木耳，打個蛋花，再撒上蔥花，就是夫婦倆百喝不厭的家常好湯。

再來，自然得炒盤青菜什麼的，這就比較傷腦筋了。荷蘭是全世界第三大農產輸出國，市面上販售的蔬菜樣數不能算不多，市場的菜攤上，各種瓜果豆類、各色生菜和根莖蔬菜，五彩繽紛，堆了滿坑滿谷，叫人見識荷蘭農業之發達。

然而一般荷蘭人吃蔬菜，不是生拌成沙拉，就是講究煮到軟爛好咬，口味和華人顯著不同，因此台灣菜市場上那種適合大火快炒的青蔬，好比油菜、小白菜、芥藍菜之類的，不是少見，就是根本沒有。想吃，得上唐人街去買中國空運進口的貨色，可是這些青菜一路行來不曉得留下了多少「碳足跡」，也不知道是不是黑心貨，菜葉上會不會殘留了大量農藥？這種事不想則已，越想就越怕，我非要嘴饞到實在受不了，才會破戒去買上一袋。

算了，還是到市集附近的有機超市去買包心菜吧。包心菜應該是荷蘭種類最齊全的葉菜，有紫紅的、翠綠色皺葉的、墨綠色不結球的，也有小如鴿蛋的，還有一種圓圓白白的包心菜，乍看很像台灣的高麗菜，我剛來荷蘭時不懂，看了就買，炒了好久還硬邦邦，原來此菜只能拿來燉煮，或醃漬成酸菜，配水煮燻腸吃。

酸包心菜含有豐富的維他命C，又耐久存，當年荷蘭稱霸海上貿易時代，東印度公司的船艦出海，往往會帶上一大批當副食，有了酸包心菜，水手便不怕罹患足似致命的壞血病。從殖民者的角度看來，包心菜算得上荷蘭建立海洋霸權的功臣（或罪人——如果站在被殖民者的立場來看）。

後來發現，有種淺綠色、頭尖尖的圓錐形包心菜，雖然體形有異於台灣的高麗菜，兩者的滋味和口感卻差不多，這也是我最常買的荷蘭包心菜，清炒甘甜，加乾辣椒和花椒爆炒成宮保包心菜，又是另一種辛香火辣的滋味。無論怎麼烹調，吃來都有家鄉味。

前兩年查閱荷蘭據台史的相關文章，無意間發覺荷蘭的包心菜和台灣的高麗菜，不只是差不多的蔬菜，而且很可能來自同一批始祖，是同宗的表親，因為我們的高麗菜最早就是在十七世紀荷蘭占領台灣期間，由深知包心菜優點的東印度公司，自印尼引進台灣栽種，而印尼的包心菜也是荷蘭人帶去的。

搞了半天，我離鄉背井，飄洋過海，結果落腳的地方居然是台灣高麗菜的故土。說來不怕人笑，我吃著爽脆的荷蘭包心菜，禁不住感到，自己會來到這北海畔的低地國，說不定是某種宿命。

包心菜原產於歐洲和西亞，早在古埃及時代，人類便已栽植包心菜。其正名為甘藍，另有捲心菜、玻璃菜和番芥蘭等俗名，台灣人則稱之為高麗菜。很多人顧名而思義，以為包心菜來自韓國，其實此高麗非彼高麗，我懷疑此一菜名也是荷蘭據台時代流傳下來的，當年荷蘭人教台灣的漢人和原住民耕種這種蔬菜時，總不會不告訴人家菜名吧，而荷蘭語稱包心菜為kool（音如「叩兒」），請唸唸看，是不是挺像閩南語發音的高麗呢？

）

此篇收於二〇〇八年九月初版的《吃．東．西》，寫作日期則更早，乃為《中國時報．人間副刊》的〈三少四壯集〉專欄而寫。這樣看來，儘管我不敢斬釘截鐵地宣稱，但是頭一個在報刊提出高麗菜之名可能來自荷語的人，會不會是當時定居荷蘭、已學了荷蘭語文的我？

我這種想法是有一點自大啦，卻還真是忍不住要洋洋自得哩。

各唱各調

在我家的餐桌上，芫荽和洋香菜各據一方，一東一西，遙遙相對。我只要拿出一小把青翠嬌嫩的芫荽，丈夫便問：「我們今天吃中國菜還是泰國菜？芫荽別放太多哦。」一手裡握著若是墨綠的洋香菜，他就不開口，不是不高興，而是放心了，因為今天燒的八成是義大利菜，撒再多洋香菜，他都吃得慣。

據統計，芫荽和洋香菜是最為世人普遍運用的辛香料，常見於亞洲菜色的芫荽消耗量占全球第一，洋香菜的用量則在歐洲居首。我家的冰箱也常備這兩樣，用微濕的紙巾包好，收在蔬果櫃裡，快用完了就上中東移民開的青果店裡去補貨。中東夾處亞、歐之間，自古就是東、西方文化與商業交流的仲介，中東人這兩樣香草都吃得多，吃得津津有味。

洋香菜即 parsley，中文譯名忒多，舉凡洋芫荽、巴西利、歐芹、香芹、荷蘭芹等，指的都是這種拉丁學名叫 Petroselinum crispum 的繖形花科植物。

芫荽又稱香菜，也屬於繖形花科，和洋香菜是親戚，其學名為 Coriandrun sativum，英文正名是 coriander，另有個別名叫 Chinese parsley，意即「中國洋香菜」。這倒有意思，東、西方的人都拿自己熟悉的事物，來比擬另一樣既相似又陌生的東西，芫荽和洋香菜赫然成為彼此的對照組。

其實，站在華人的角度來看，嚴格說來，芫荽和洋香菜都是「舶來品」，兩者皆原產於地中海一帶。考古證據顯示，早從五千多年前起，人類便開始栽種芫荽和洋香菜，古埃及、希臘和羅馬人皆曾將此二植物當成藥方或辛香料。

芫荽很早便傳入中國，一般相信是在兩千多年前漢武帝時代由張騫自西域攜入中國，因此芫荽古名胡荽。然而我翻了很多資料，都查不出洋香菜傳到中國大陸或台灣的確切時代，從洋香菜也叫荷蘭芹這事來看，洋香菜會不會跟荷蘭豆（即豌豆）、荷蘭水（汽水的舊名）一樣，也是精於貿易的荷蘭人引進？

果真如此，洋香菜來到中國，最早也該是十七世紀荷蘭黃金時代以後的事，說不定根本就相當晚近，因為直到目前，中國傳統菜色中仍未見洋香菜的蹤影。不過洋香菜倒是常見於台菜酒席上，台灣人「辦桌」時喜用洋香菜為盤飾，那只是用來配色，好看而已，沒人吃的。

洋香菜有兩種，一種是在北歐、中歐與英倫較普遍的捲葉種，這也是台灣市場上常見的一種；另一種則是地中海國家偏愛的平葉種，又稱義大利洋香菜，葉片平坦，外觀似芫荽，但顏色較深，莖亦較粗壯。

洋香菜和芫荽雖是最普遍的香草，在餐桌上卻很少擔任主角，多半扮演陪襯的配角，大配角或小配角不一定，但有一點則可以確定：兩者都不經煮，所以通常在最後一刻才入菜，有畫龍點睛的作用。

芫荽有點像是一不小心就會搶戲的配角（擺太多時），其香味直截了當，多少有點霸道，故有好惡兩極化之勢。我就極愛，老覺得吃蚵仔麵線而不撒芫荽，還不如不吃；丈夫則從「吃不慣」被慢慢調教成「還可以接受」，誰叫廚中大權掌握在我手裡。

洋香菜相形之下比較安分，滋味清芬幽渺，捲葉種的滋味尤其清淡，因葉形捲曲如花，討喜可愛，常整枝拿來做盤飾，或剁碎了撒在菜餚上。平葉種在義大利菜當中運用很廣，是義大利廚房裡絕不可少的香草，味道雖較捲葉種濃郁，可還是含蓄收斂，一股幽香跟魚、肉、蔬菜與麵食無所不搭，是個不算搶眼、少了卻會令人若有所失的稱職配角。

鑼鼓聲響，好戲即將上場，今晚要唱京劇，洋香菜就乖乖待在冰箱裡；等明天管弦樂聲大作，改唱義大利歌劇，在壓軸的那一刻，再換它登台。芫荽和洋香菜在我家雖各唱各的調，倒也相安無事。

食蔥有時

農曆正月倏忽將至，大啖青蔥的好時節又來了。

老一輩台灣人有句朗朗上口的農諺：「正月蔥，二月韭，三月莧……」一路數到十二月的大白菜，前不久還聽到另一句俗諺，「正蔥二韭，卡贏呷肉脯」，兩句話寓意類似，都在闡述先人簡單而古老的智慧：萬物有定時，食亦應合時。就拿正月的青蔥來說，這時收成的蔥栽種於農曆十月，成長期間逢冬，氣溫較低，因而蔥白特長，最是美味。正月不食蔥，更待何時？

記得母親還在世而我尚未出國時，有年春節前湊熱鬧，跟她一起上菜場辦年貨，攤上大綑大綑的青蔥，蔥白修長挺直，蔥葉碧綠柔嫩，看得我目不轉睛，擠過去買了一大把，須兩手才合握得住，媽媽說：「怎麼買這麼多？蔥不經擺，會枯掉。」

「燒幾條蔥烤鯽魚，半把就用掉了。再炒個蔥爆牛肉或京醬肉絲，又是小半把。剩下來當調味料，不必等過年，兩天就吃光了。」

「你就是愛吃蔥，記得你上小學以前偏食，簡直什麼都不吃，就愛從菜裡挑出蔥段來吃，還專舀漂在湯上的蔥花。」

媽媽不知怎的，想起了我這個當事人幾乎快遺忘的遠年往事，天底下為人母者多半都是這樣吧，她們深知每一個子女的習慣、嗜好與不同的個性，更把有關兒女的一些瑣細小事都記得牢牢的。

原來我愛吃蔥的歷史久矣，可是在那天以前，我並未覺察自己有此偏嗜——雖然直到現在我仍保有吃菜先挑蔥段、喝湯先舀蔥花的習慣。燒中國菜時加蔥，於我始終是那麼自然而然、簡直不必加以思索的事，我總愛在燒菜前，先起油鍋放蔥段爆香，青蔥乍下鍋時那帶著刺激意味的呲啦一聲，以及頃刻後那彌漫整個廚房、微帶焦味的蔥香，往往叫我還沒做好一道菜，便已飢腸轆轆。

喜以青蔥添味增香者何止我一人而已，蔥早已是烹調中國菜不可或缺的基本調料，只不過它作為主材料的時候並不多，前面提到的江浙小菜蔥烤鯽魚和京菜的蔥爆牛肉、京醬肉絲或是少數的例外。

蔥多半居於陪襯地位，充其量是舞台上的小配角，甚或只是抬轎伕之類的龍套，在戲將落幕、菜臨上桌時方上陣，以蔥花或蔥絲的姿態驚鴻一瞥，然而你可別小覷這看似微不足道的青蔥，沒有它來畫龍點睛，紅燒牛肉麵、皮蛋豆腐和清蒸魚等多到不及細數的菜色，好像就失去該有的滋味。

蔥不但和薑、蒜並列為中國菜的三大辛香料，它一如薑、蒜，也原產於中國。據考證，拉丁學名為 Allium fistulsoum 的青蔥，起源於中國大陸的西北部和西伯利亞。古籍《禮記・內則》中有「膾春用蔥」、「脂用蔥」和「切蔥若薤」的記載，可見得起碼在兩千多年前，華人的老祖宗即已廣泛用蔥、食蔥。

台灣的蔥為早期自唐山渡海而來的移民自福建引進，現在市面上常見的青蔥有北蔥和日蔥兩種，前者蔥白較短，質地稍粗，用來當爆香料還不錯，切成蔥花撒在熱湯或菜餚上亦佳，但較不宜切大段生食，有點辛辣。日蔥蔥白較長，質嫩且味較甜，身價自然也就較高，宜蘭三星蔥即是日蔥的一種，用來爆炒固然好吃，即使佐烤鴨或捲大餅生食也並不很嗆。

可惜我旅居的荷蘭只買得到北蔥，小小一束四、五根，索價近一歐元，價錢貴不說，蔥白還特短，平均不過三、四吋，偶爾在有機商店看到有蔥白長逾五吋的青蔥，簡直如獲至寶，趕緊買上三、四束，一束切除一部分蔥葉，整根塗以橄欖油，炙烤到軟後，澆上更多的橄欖油、一點白酒醋，撒鹽和胡椒醃漬起來，冷透且入味後便是帶有義式風味的開胃小菜。其餘的蔥只留極少的蔥綠，切斜段，和以醬油、糖與酒醃過的牛肉片一同爆炒，佐以墨西哥烙餅，再來碗撒了蔥花的蝦皮蘿蔔湯，就是不中不西卻好吃到夫妻倆幾乎停不了嘴的家常美食。

·

此篇經節錄後，自民國一〇一年起收於「南一書局」的國中國文教科書，是我第一篇被選為國中、國小課文的散文，當年在課堂上讀過這篇文章的十三、四歲孩子們，如果求學生涯順利，如今應已大學畢業。

當Pavarotti遇見pasta

提起義大利菜，首先會浮現在你腦海的，會不會是義大利麵（pasta）？而講到義大利歌劇，你應該不會忘記那個留著絡腮鬍、演唱時愛拿條白手帕的巨星帕華洛帝（Luciano Pavarotti）吧。

Pavarotti 和 pasta 都是我很早便知道，也很早便開始鍾愛的人與物。

很久以前，那時我不過十三、四歲，有一天跟著已經上大學的姊姊去「台映」試片室看費里尼導的義大利電影《羅馬》（*Fellini's Roma*）。看完電影，走出幽暗的放映間，縈繞在我心頭、最叫我念念不忘的，不是什麼羅馬的古蹟名勝，而是影片中眾人在街頭大吃大喝的熱鬧場面。銀幕上的大人小孩面前都擺了盤油亮亮、紅澄澄的麵條，那麵比我吃過的各種麵條都來得寬而扁，銀幕下的我看著劇中人狼吞虎嚥、大快朵頤的場景，口水都快流出來了，那是貪吃的我和番茄義大利麵的第一次接觸。

好幾年後，我又發現另一樣令我著迷的義大利事物——帕華洛帝悠揚美妙的抒情男高音。有一陣子，每晚睡前都要聽他的精選輯，把他唱的最膾炙人口的義大利通俗民謠和歌劇詠嘆調都聽上一遍，才覺得安心，其中當然包括那首最最通俗、可也讓我最聽不厭的〈我的太陽〉（O Sole Mio）。

Oooo Sole Mio……澄紅的太陽，令我聯想起《羅馬》片中那一盤盤看來可口美味的番茄醬汁寬麵。閱讀帕華洛帝傳記後赫然發覺，這位體重一百公斤以上的男高音，和大多數義大利人一樣，最愛吃的家鄉菜就是媽媽親手烹調的 pasta。

直到現在，當我在廚房裡燉煮基本的義大利番茄醬汁時，仍舊愛聽帕華洛帝用他銀鈴般清脆卻富有感情的嗓音，演唱一首首我早已耳熟能詳的歌曲。

我用木杓攪拌鍋中豔紅的番茄醬汁，混合著白葡萄酒和月桂葉的幽幽香味，隨著氤氳的熱氣，緩緩向鼻尖襲來。醬汁逐漸濃稠，顯然就快要燉好了，帕華洛帝唱著〈公主徹夜未眠〉的高亢歌聲，從屋子另一頭的揚聲器流進耳裡，還有一些音符索性掉落在鍋子裡，給我的麵醬多加一點義大利味。感謝帕華洛帝大駕光臨，替我的 pasta 調味。

基本款義大利麵番茄醬汁

可配 400 公克的麵

材料

紅番茄（越紅越好）｜1.2 公斤（2 台斤）
洋蔥｜半顆，切丁
蒜頭｜2 瓣，切末
濃縮番茄糊｜1 大匙（可省）
不甜的白葡萄酒｜125 毫升
月桂葉｜2 片
橄欖油｜3 大匙
鹽和胡椒

做法

1 洋蔥和番茄切碎備用。在番茄頂上用尖刀淺淺地劃十字紋，用熱水汆燙 20-30 秒，迅速沖冷水，以便撕去外皮，挖掉籽，將果肉切成丁。
2 爐子開小火，在燉鍋中加橄欖油，待油已熱但未冒煙時即下洋蔥和蒜末，炒至洋蔥透明且傳出香味，大約 5、6 分鐘，注意不可炒焦。
3 加番茄丁炒一下，如果覺得番茄顏色不夠紅，可酌加番茄糊，不加也可。
4 加白酒和月桂葉，小火燉煮 20 至 30 分鐘，不時攪拌，以防焦底，等醬汁濃稠時，加鹽和胡椒調味，取出月桂葉丟棄不要。大功告成。

音樂菜單

帕華洛帝的精選輯《Tutto Pavarotti》

寫作此文時，帕華洛帝（一九三五—二〇〇七）仍在世。如今他已離世十多年，悠揚的歌聲卻仍不時在我的書房與廚房流淌。

細火慢燉布拉姆斯

越來越喜歡布拉姆斯，老覺得他的慢板樂章在高貴、古典而柔和的旋律中，似乎刻意壓抑著一股飽滿的熱情。這樣無法充分釋放的情感，比赤裸裸的激情來得更有張力，也更令我感動。也因此，我每回在家裡燉煮傳統口味的紅酒牛肉，總要聽細火慢燉的布拉姆斯。

中國菜的燉牛肉少不得八角提味去腥臊；西洋的紅酒燉牛肉則往往需要百里香和月桂葉來添香。而不論在台灣的灶腳，還是在歐洲的廚房，文火精燉是不變的原則。燉紅酒牛肉用的材料種類不少，過程看似複雜，其實烹飪方法和中國菜差別不很大，是道易學易上手的西式菜餚。

春天的午後，浴在陽光中的城市暖和而不燥熱，我從超市買來燉肉所需的一切材料，窩在有微風穿而入的廚房裡，開了瓶待會要下鍋的紅酒，先給自己斟上一杯，接著就一邊喝著酒，一邊聽著布拉姆斯的管弦樂曲，洗洗切切，燒熱油鍋，準備烹煮簡單樸實但風味十足的紅酒燉牛肉。

鍋中的材料在大火燒開後，須立即轉小火苗，火越弱越好，最好在鍋子和爐火之間加塊金屬熱板，讓火力均勻，就這樣文火燉上兩小時左右，牛肉才會爛，湯汁才會濃稠美味。這是一道需要溫柔以待、耐心醞釀的佳餚。

一八五三年，年方二十的布拉姆斯認識亦師亦友的音樂家舒曼，還有他此後一生深愛的女人——舒曼的鋼琴家妻子克拉拉。世人從來無法知曉布拉姆斯與長他十歲的克拉拉之間，究竟存在著什麼樣的愛情，我們或許只有透過布拉姆斯的音樂，才能進入他壓抑的心靈世界吧。

布拉姆斯逝於一八九七年，享年六十四，終生未婚，醞釀四十餘年的愛情，始終在爐火上細細地燉煮著。

紅酒燉牛肉

(4-5 人份)

材料

橄欖油｜ 3 大匙
洋蔥｜ 1 顆，切丁
胡蘿蔔｜ 2 根，切約 1.5 平方公分的小塊
洋芹｜ 1 根，切片
蒜頭｜ 1 瓣，切片
麵粉｜ 2 大匙
甜紅椒粉（注意：是不辣的 paprika 粉，不是辣椒粉）｜ 2-3 大匙
牛腩或牛腱｜ 1 公斤，切 3 平方公分
番茄糊｜ 2 大匙
紅葡萄酒（葡萄品種、產地不拘，別選難喝到自己都嚥不下的酒就好）｜ 1½ 杯
牛骨高湯（自己熬的最好，不然就用罐頭湯或高湯塊兌清水，但須注意鹽分）｜ 1½ 杯
新鮮百里香的小葉片 3 小枝或乾百里香 1 小匙
月桂葉｜ 1 片
洋菇切片｜ 200 公克（或更多）
鹽和胡椒

做法

1 在炒鍋或鑄鐵燉鍋中熱 1.5 大匙的油，中小火炒洋蔥、胡蘿蔔、芹菜和蒜片，至洋蔥透明，不要炒焦，約炒 5 分鐘，取出備用。
2 在碗中（或塑膠袋中）混合麵粉和甜紅椒粉，倒入牛肉塊，讓肉均勻沾上麵粉。
3 在剛才用過的鍋中加進尚未用的 1.5 大匙油，沾了麵粉的牛肉分兩批下鍋，煎至金黃。
4 炒過的菜料回鍋，加番茄糊拌炒一下，續入紅酒、高湯與香草，大火燒開。
5 如果用的是炒鍋，將牛肉連汁帶菜移至砂鍋或燉鍋中，小火燉煮約 1.5 小時後，加洋菇片再煮半小時左右，視口味加鹽和胡椒調味，嘗嘗看肉夠不夠爛，不夠的話再燉一會兒，最後撈出月桂葉即可。佐以水煮馬鈴薯、薯泥或法國麵包，愛吃米飯的，配白飯也行。

音樂菜單

布拉姆斯：
D 大調小提琴協奏曲（慢板）、A 大調第二號小提琴奏鳴曲（平靜的行板－甚快板）、d 小調第三號小提琴奏鳴曲（慢板）、f 小調豎笛與鋼琴奏鳴曲（行板－稍慢版）、a 小調豎笛三重奏（行板）

加勒比海風情的芒果豬排

芒果上市了，看見水果攤上一顆顆外皮紅豔的果實，感受到炎夏的熱情，想起爸爸最愛吃，買了一堆回家，準備烹煮帶著加勒比海風情的芒果豬排，給我那生在長江畔的老爹品嘗。在牙買加風味的雷鬼音樂聲中，我先仔細地將芒果削皮、去核再切丁，最後放進果汁機中打成明黃的果泥，準備製作鹹中帶甜、還帶有一絲辣味的醬汁。

芒果喜歡高溫、乾燥的氣候，原產於印度和緬甸一帶，是亞熱帶和熱帶水果。東亞早在二千多年前就開始種植芒果，一千多年後傳到東非，再輾轉到西印度群島和中南美洲，如今廣被栽植，是亞洲和拉丁美洲的重要農產。

有關芒果的民間傳說不少，多半和原產地印度有關，我最喜歡的，是一個愛情故事。

大概在十六世紀吧，有位皇帝的愛妃是太陽的女兒，有一天，王妃突然失蹤了，原來是被邪靈威迫，禁錮於芒果樹梢。癡心的皇帝天天在樹下苦候心上人，他眺望著遠方，總疑心妻子的身影就要在地平線另一端出現，根本沒有察覺到，心愛的人其實咫尺天涯，而王妃也只能傷心地在樹梢上看著丈夫形容逐漸憔悴。

時光流轉，季節遞嬗，芒果樹開花結果了，有一顆芒果成熟，墜落地上，裂成兩半，美麗的身影從裂開的果實中冉冉浮現，原來是失蹤已久的王妃。皇帝的一片深情終打敗邪惡的力量，讓他得回朝思暮想的愛人。

王妃重返宮廷後，皇帝下令在皇宮周遭遍植十萬棵芒果樹，從此以後，每逢花開時節，皇宮四周總是繁花似錦，千萬朵芒果花以豐美的姿容宣示著一個男子對心愛的女人永遠的癡情。

傳說或許只是傳說，香甜的芒果滋味叫人難以抗拒卻恐怕是事實，最起碼我就無法拒絕，而我甚至是敏感體質，似乎對芒果過敏，有時大啖美味後，皮膚上會浮凸一片片的風疹塊，癢得要命，但偶爾就還好，吃了也沒事。這讓我每一次貪嘴吃芒果，都像是小小的冒險：說不定這一回不會過敏哩，再多吃兩口好了。

芒果一般都當成水果食用，印度人也喜歡將芒果加上香料，製成辛香的chutney，可當蘸醬，酸甜開胃，我吃辣味咖哩時，就愛來上一小盅佐餐。我在加勒比海菜的食譜書上，還看到芒果豬排的做法，醬汁中加了九層塔和辣椒，很有熱帶風情，試做給家人和朋友吃，都滿成功的，我想這或許也不是我手藝有多麼高超，而是醬汁中還摻了醬油，從而討好一副副台灣胃。

吃芒果豬排時，我喜歡聽雷鬼樂（reggae）。雷鬼發源於加勒比海上的牙買加島，結合非洲節奏、美國 R&B 曲風和牙買加民俗風味，節奏有一點懶洋洋，歌詞卻往往別具深意，以「快樂」和「自由」為核心，反種族歧視、反殖民、擁護人權。一九七〇年代，雷鬼樂在「雷鬼之父」鮑布．馬利（Bob Marley）帶動下，開始走紅於歐美，不少主流的流行樂藝人也為這種牙買加音樂所折服。

如今唱雷鬼的，可不光是牙買加人而已，歐美流行樂壇擅長雷鬼樂風的也大有人在。這種多少經過改造、加進較多流行樂元素的「融合」雷鬼樂，容或比不上馬利的歌曲那麼發人深省，可是因為比較輕鬆，也許反倒投合更多不想在音樂中面對壓力的人。

我在廚房中聽著正統和比較沒那麼正統的雷鬼樂，手裡忙著洗、切、煎、煮，腳則隨著來自加勒比海的節奏打著拍子。再過一會兒，我就要在家人共享一頓洋溢著熱帶風情的芒果晚餐了。

芒果豬排

(4 人份)

材料

芒果｜ 2 顆，去皮去核，切丁
蔬菜油｜ 1 大匙，外加一點煎肉所需份量
蒜頭｜ 2 瓣，切末
紅辣椒｜ 1 根，去籽切碎
九層塔或羅勒｜ 1 小把，切絲或撕碎，留幾片完整的最後做裝飾
雞高湯｜ 3 杯
黃砂糖｜ 1-1½ 大匙
醬油｜ 1 大匙
大里肌肉排｜ 4 片，每片約 150-180 公克
鹽和胡椒

做法

1 一半的芒果丁用果汁機打成泥，一半備用。
2 燒熱蔬菜油，中火炒香蒜末、辣椒和九層塔或羅勒絲，約1分鐘。
3 加進雞高湯、糖和醬油，大火煮至沸騰後轉小火再煮3分鐘左右，將芒果泥徐徐加進鍋中，不斷攪拌，再煮5分鐘，煮到汁變濃稠，撒少許鹽和胡椒調味。
4 豬排用刀背拍鬆，撒一點鹽。平底鍋中加油，先以大火後轉中火，將肉煎熟且兩面金黃，盛入溫熱的盤子上，在每片肉上面鋪芒果丁。
5 把仍溫熱的芒果醬汁淋在肉排上，加九層塔或羅勒葉片點綴。適合搭配糙米飯或胚芽米飯。

音樂菜單

1 鮑布．馬利的精選輯《Legend》、《The Best of Bob Marley and the Wailers》
2 UB40合唱團唱的〈Can't Help Falling in Love〉、〈Kingston Town〉
3 「內心圓」合唱團（Inner Circle）唱的〈Games People Play〉、〈Summer Jamming〉

誰在那裡唱著寂寞的歌

說實話，我想我從來也不曾真正了解過湯姆・威茲（Tom Waits）——儘管我曾經那麼著迷於他的聲音，一個陽剛而落寞的聲音。就像在煙霧繚繞的小酒館裡，有個失意的琴師在角落裡自顧自地彈唱，周遭人聲喧譁，夾雜著杯盤碗碟哐噹碰撞的聲響，似乎沒有人理會他。然而，偶爾會有那麼一兩個人，坐在另一頭，遠遠的，隔著菸味與笑語，專注地傾聽寂寞的歌聲。當年剛滿十四歲的我，覺得自己就是那聆聽的人。

我因為早讀了一年，那年暑假過後就要上高中了，就在國中畢業前，隨著家人從北投小鎮搬到台北市區。我離開從小熟悉的環境，面對著不可知的新世界，覺察到自己從裡到外都在向昔日的青澀與天真告別，無可挽回。

暑假剛開始的某一天，已經上大學的姊姊帶了一張美國原版唱片回家，封套上的男人斜倚在鋼琴前，黝暗的光線中，他的面目看來不很真切，整個畫面模模糊糊地透露著寂寥的訊息。那張唱片的名字叫《Closing Time》，是湯姆．威茲出版於一九七三年的首張個人專輯。

姊姊在唱機上放下唱片，從第一首〈Ol' 55〉起始，直到最後一首與專輯同名的演奏曲，威茲粗礪、憂傷又帶著莫可奈何意味的歌聲，還有他混合流行、民謠和爵士樂的曲風，在在打動了對未來惶然又孤獨的我。一整個暑假，我聽著這張黑膠唱片，天天晚上都要把整張專輯溫習一遍，才肯入睡。

現在想起來，那時還如此青春年少的我，哪裡能明白一個異國男子的悲哀心事呢。這麼多年過去了，在生命的路上顛簸走來，盡量學著對挫折還有生活上種種不盡如人意的事，一笑置之，但我仍然不敢說眼下的自己已經懂得他了，因為有時我連自己都不了解。

我還是常常在家聽這張唱片，只是黑膠早已換成CD。我每回請朋友來家裡小聚，如果做的是烙煎香料牛排，更一定會放這張專輯，還有威茲早期的一些較抒情的曲子，與好友共同聆賞。

始終覺得，很有點陽剛風味的香料牛排，十分搭配毫不含糊、男人味的湯姆．威茲。帶著油花的肋眼牛排，用孜然粉、甜紅椒粉等好幾種辛香料醃過，要麼放在炭爐上燒烤，要不置於鍋底較厚的平底鍋中半烙半煎至自己喜歡的熟度，食用時不妨擠點檸檬汁，中和油膩。大口吃下，會發覺外表豪氣十足的牛排，質地其實鮮嫩多汁，就像湯姆．威茲的歌曲，在粗獷沙啞的聲音底下，藏了一顆溫柔易感的心。

香料牛排

(4 人份)

材料

肋眼或沙朗牛排｜ 4 片，每片 200-250 公克
孜然粉｜ ½ 大匙
甜紅椒粉｜ ¼ 大匙
芫荽籽｜ ½ 小匙，磨碎
黑胡椒粉｜ ½-1 小匙
薑粉｜ ½ 小匙
辣椒粉｜少許
橄欖油｜ 1-1½ 大匙
檸檬角

做法

1 在小碗中混合所有辛香料，慢慢加進橄欖油，邊加邊攪，調成油糊。若有哪一種香料買不到或不喜歡，省略無妨。
2 將油糊均勻塗在牛排的兩面，置冰箱冷藏至少三小時。準備要煎牛排的半小時前，將肉取出，置室溫退冰。
3 燒熱厚底的平底煎鍋或帶橫紋的烙煎鍋，加一點點油。在牛排的兩面撒鹽，中火每面煎 3、4 分鐘，至五分熟，可看個人喜歡的熟度，調整時間長短。也可用 BBQ 方式燒烤。
4 煎烤好的牛排移到溫熱的盤子上靜置 5 分鐘再上菜，這步驟會讓牛肉質地更嫩而多汁。附檸檬角端上桌，佐以薯條和生菜沙拉，配上薯泥也不錯。

音樂菜單

湯姆·威茲的三張專輯唱片：《Closing Time》、《The Early Years》和《The Early Years Vol.2》

屬於 Leonard Cohen 的夏日記憶

有一年夏天，我成天翻來覆去地聽著李歐納・柯恩（Leonard Cohen）的歌曲，為那壓抑又虛無的男聲深深吸引。在那一年蟬嘶不斷的台北炎夏，我隨著這位加拿大詩人歌手，走進一個聽來淡然卻難掩憂傷的心靈異域，暫時忘記窗外燠熱的長夏。

而今，另一個夏季又到了，在第一聲蟬鳴之前，我買了一張由史汀（Sting）和波諾（Bono）等歐美藝人翻唱柯恩歌曲的專輯《The Tower of Songs》（此名顯然得自柯恩的歌曲〈Tower of Song〉）。當我聽見美國女歌手多莉・艾莫絲（Tori Amos）在鋼琴上自彈自唱〈著名的藍雨衣〉（Famous Blue Raincoat）時，多年前那個夏日的清冷回憶不期然浮上心頭，這首歌正是我當年的最愛。

多莉・艾莫絲用她脆弱得彷彿隨時就要崩潰的女性嗓音，來詮釋這首以落寞失意男子的角度譜寫的歌曲，那歌聲中的情緒比原唱更為飽滿，在我聽來，傷痛到接近神經質，宛若受困的母獸，釋放出巨大而幽深的痛苦，深入探觸歌曲哀哀無告的內在質地。

比男性原作者更願意也更勇於在歌中表露情緒的女歌手，當然不只多莉．艾莫絲。她的兩位早在一九六〇年代便已出道的老前輩——Joan Baez 和 Judy Collins，也擅長用乾淨、溫潤如泥土般實在的女聲，來替男性歌曲創作者傳達他們隱藏在內心深處、卻不敢或無能為力表達的情感。

在幾位女性歌手演唱男性作品的樂聲中，我拿出昨天吃剩、內蕊已不再柔軟的法國棍子麵包，坐在望得見遠處台北盆地邊緣山丘的窗前，動手製作一道夏日的麵包沙拉。

這道「舊瓶新酒」的沙拉餵得飽有點餓又不太餓的胃口，味道清爽，份量扎實。我拌著沙拉，隨手為自己倒了杯冰茶，舉杯敬向屬於李歐納．柯恩的遙遠的夏日記憶。

附錄：
謝謝你，柯恩先生

當舞台上的 Leonard Cohen 唱出「like a bird on a wire, like a drunk in a midnight choir……」時，我右邊那位開場前嘰哩呱啦講個不停、活潑得不得了的中年女士，吸了一口氣，掏出了面紙，我偷眼看她，發覺她在拭淚，並開始輕輕抽泣。

這首歌曲大概觸動了她的傷心往事吧，說不定她也叫蘇珊★，我模糊地想著。

不過，這樣的念頭剛浮現旋即又墜落，因為我的目光、我的耳朵，其實是我全副的心神立刻又回到台上的老先生那裡，他穿著雙排扣西裝、頭戴氈帽，手握著麥克風，臉微微偏向一側，眼睛半闔著，專注地唱著這首〈電線上的鳥〉。

多年前當我初識柯恩時，就聽過這一首歌，那時從姊姊收藏的黑膠唱片裡傳出來的，是偏高音而敏感的年輕聲音，此刻透過音響流淌整個室內體育館的，則是一個滄桑、低沉的男中音，那聲音當中似乎有更多的體諒與豁達，詩人雖已老矣，詩魂猶存，還添了歲月的智慧。

不知道什麼時候，我發覺自己手臂起了一顆顆雞皮疙瘩，面頰也被淚水沾濕了，這時我才總算明白過來，我和鄰座陌生的女士，都不是因為感傷而掉下眼淚，我們純粹就是「被感動到了」。老先生的歌聲，抑或就只是他這個人，感動了我們，那是種我無法理性分析、最直接的感動，是你在聽過幾百遍、上千遍唱片、卡帶、CD乃至iPod播送的柯恩歌聲後，終於親耳聽到、親眼看到這個人就在你面前，吟唱著一首首熟悉的歌曲時，必然會湧現的感動。

二〇〇八年的七月和十一月，我在荷蘭的阿姆斯特丹和鹿特丹，聽了Leonard Cohen演唱，這是我在那一年中做過最值得的事。在夏季的露天演出中，老先生在唱完〈I'm Your Man〉後，輕輕地對滿場粉絲說：「Thank you for keeping my songs alive for so many years. 謝謝你們這麼多年來讓我的歌曲活著。」而我其實好想對他說：「謝謝你，讓你的歌曲陪伴我從少年走到中年，從亞洲來到歐洲。」

★ 據說荷蘭三十至四十歲的女性中，名叫蘇珊的特別多，和柯恩四十年前的名曲〈Suzanne〉有關。

麵包沙拉

(4 人份)

材料

麵包部分：
已放了一天的棍子麵包或別種原味麵包（如巧巴達）｜ 1 條，切 2 平方公分的塊
橄欖油｜ 1½ 大匙

沙拉部分：
牛番茄或小番茄｜ 250-300 公克，去籽，切塊
黃洋蔥或紫洋蔥｜ ½ 顆，切絲，泡冰水去辛辣味
小黃瓜｜ 1 條，切丁
羅勒｜ 1 小把，切絲
蒜頭｜ 2 瓣，切末

醬汁部分：
紅酒醋或白酒醋｜ 1½ 大匙
冷榨特級橄欖油｜ 2 大匙
鹽
胡椒

做法

1 麵包塊置大碗中，淋上1匙半的橄欖油，拌一拌，讓麵包蘸到油，放進攝氏180度烤箱中烤到略呈金黃，約20分鐘，取出，放涼。
2 在大碗中混合沙拉部分的所有材料和已涼的烤麵包塊。在另一個小碗中攪打醬汁材料，到汁變稠。
3 把醬汁均勻淋到大碗中沙拉上，拌勻，讓材料都蘸到油汁。
4 冷藏靜置約15分鐘，讓沙拉入味。分盛至四個盤子或沙拉碗中，可墊上綠色生菜裝飾。

音樂菜單

1 《Tower of Songs》專輯中多莉·艾莫絲唱的〈Famous Blue Raincoat〉和蘇珊·薇格（Suzaane Vega）唱的〈Story of Issac〉
2 Joan Baez唱她寫給鮑布·狄倫（Bob Dylan）的〈Diamonds and Rust〉
3 Judy Collins唱狄倫的〈Just Like a Woman〉、〈Like a Rolling Stone〉以及柯恩的〈Joan of Arc〉

此篇本文最早收於我的第一本飲食文集《羅西尼的音樂廚房》，後來小修並改版成《韓良憶的音樂廚房》時，加了我替《PAR 表演藝術》雜誌「柯恩專輯」寫的短文為附錄。柯恩已於二〇一六年辭世，我至今思及其人之逝時，往往仍像失去一位曾給我關愛的熟悉長輩一般，有一股淡淡的哀傷，可在這同時，又更深切地感到，自己何其有幸，能夠兩度聆聽他現場演唱，當時的感動始終未曾忘懷。

謝謝您，柯恩先生！

「生活之味」共十一篇文章，前六篇原收於《吃．東．西》，但最早是我替《中國時報．人間副刊》的〈三少四壯集〉寫的專欄文，當初出書時作了小幅更改，這一回則未更動多少。

後五篇對個人寫作生涯而言，別具意義，因為像這樣嘗試結合美食與音樂的書寫，在台灣或華文文壇或是首創，這一系列文章結集成的兩本書皆已絕版，這裡選了五篇，當作紀念。

輯四

季節之味

春光的滋味

離家不遠的河堤旁，開遍一大片純白和澄黃的水仙，修長的身影迎著和風，微微搖擺舞動；鄰家的院子裡，粉紅的櫻花和金黃的連翹也爭相吐豔，彷彿正使出渾身解數，要向人宣示，荷蘭春光正盛。

然而，最先透露春天訊息的，卻是大馬路中央草坪上一朵朵形如酒杯的小花，有白色的、藍紫色的，最多的是嫩黃色。那時節才不過二月中旬，鹿城冬意猶濃，把自己裹在厚重大衣裡的我，到市中心辦事或購物，途中見著這一片不畏寒風、我見猶憐的花朵，總忍不住停下趕路的腳步，往往要將這花的姿容看飽了，才繼續前行。

我起初以為是野花，仔細一瞧，卻見花兒似乎排列得亂中有序，回家問約柏才知道，這些嫩麗的小花是市政府預先埋下的一種球根花，叫做番紅花（crocus），每年一到冬末便紛紛綻放。只要見到番紅花從泥土裡探頭鑽出，荷蘭人立刻明白，春天就快來了。

聽約柏說明花的名字，我對這些報春的小花好感倍增，只因號稱世上最貴的香料——番紅花絲（saffron），就是取自一種紫色番紅花的花蕊柱頭，而番紅花絲正是我極愛的香料。

番紅花又稱藏紅花，中國古人早就知道番紅花絲可食，一般拿來入藥，印度、中東和西方則多半應用於烹調，地中海一帶尤其喜愛番紅花絲的香味。法國的馬賽魚湯（bouillabaisse）和西班牙的什錦飯（paella），都少不了番紅花絲調色添香，這兩道菜恐怕也是最出名的番紅花佳餚。

番紅花身價高昂，一小撮才幾絲，〇．一公克，就得一．五歐元，折合新台幣近五十元左右，此地有那麼多來自摩洛哥和土耳其兩個地中海國家的移民，不曉得他們如何抵擋馬路上俯拾皆是的誘惑，會不會是因為此地的番紅花並非能夠製成香料的品種？抑或是說，他們和我一樣，感謝一朵朵在細雨中兀自綻放的美麗花朵，為都市人冷寂的心靈帶來一絲絲暖意。

後來翻查《牛津食物辭典》，又為番紅花沒人偷摘找到另一個可能的理由。原來番紅花蕊柱頭全靠手工採摘，而且得要七萬朵花才能製作出一磅（約四百五十公克）的番紅花絲，怪不得價格居高不下，也怪不得滿街盛開的花沒人採，因為就算統統摘光，怕也製不出一匙香料。

乾燥的番紅花絲是深橘紅色的，放進菜餚中煮，可把整鍋食物染成亮麗明豔的橘黃色。它的味道芳香，帶有隱約的苦，不過擺在菜餚裡卻嘗不太出苦味，因為番紅花絲實在太香，染色力又太強，烹調時僅需極少的份量。

比方說，荷蘭人冬天時愛喝的一種傳統飲料Slemp（番紅花奶茶），一公升牛奶配上約八分之一小匙磨成粉的番紅花絲就很夠了。把牛奶煮至將沸而未沸，立刻轉文火，並把香料包投入鍋裡，香料包裡有番紅花絲、茶葉、肉桂、丁香、肉荳蔻和檸檬皮，接著蓋上鍋蓋，用最弱的文火燜煮一小時使入味，最後看個人口味加糖，就成了暖身又滋補的香甜飲料。此熱飲色澤橘黃悅目，入口有番紅花那種獨特的芳香，是我移居荷蘭之後的一大美味發現。

初識番紅花滋味，則是在離故鄉不很遠的另一個亞熱帶島嶼——香港，一家標榜北義大利口味的餐廳。

那天，識途老馬的香港朋友帶我來到那家高級餐館，據說主廚出身米蘭一帶。既然大師傅是米蘭人，兩人一致決定嘗嘗一次至少得點雙人份的米蘭式燉飯（risotto alla Milanese），主菜則點了番茄白酒燉小牛膝（osso buco）。燉小牛膝並非頭一次嘗試，台北當時幾家稍像樣的義大利餐館多半都有供應，米蘭式燉飯則從未吃過，令我格外好奇。根據菜名下方簡短的說明，此飯乃北義白米添加中東進口的番紅花香料烹製而成。

那色彩鮮麗的米飯一上桌，一股陌生的香味便撲鼻而來，即刻博得我的好感，舀了一匙入口，芳香在口中霎時迸裂，那樣的香味真是一吃難忘，還記得第二天我就飛奔到進口食材店，買了一小瓶番紅花絲，忘了多少錢，只記得頗貴，以致付帳時嚇了一小跳。

好幾年後到義大利遊學烹調，才明白當年的我歪打正著，點的兩道菜竟是最「經典」的搭配。北義大利人如果在餐桌上看到米蘭燉飯，心裡就明白，接下來要上場的主菜，八成就是腴爛香濃的燉小牛膝。

這其實並不奇怪，因為道地隆巴底口味的米蘭式燉飯，除了番紅花外，還用上小牛骨髓，而小牛膝骨裡正富含香腴的骨髓，於是不管你今天打算燒的是燉飯或小牛膝，也煮上另一道菜似乎是順理成章的選擇。何況芳香的燉飯和腴爛的小牛膝，滋味還真搭配。

我學到的米蘭式燉飯，做法在義大利起碼已流傳上百年，取自十九世紀末翡冷翠絲商人兼美食家阿圖西（Pellegrino Artusi）收集編撰的食譜。阿圖西的這本著作《烹飪的科學與美食的藝術》（*La Scienza in Cucina e l'Arte di Mangiar Bene*），堪稱義大利家常菜餚的經典著作，自一八九一年初版以來，已印行逾百版，據說幾乎每個義大利家庭裡都會收藏一本。我在荷蘭的兩位義大利朋友家中，就都看到出版年分不同，內容卻一模一樣的阿圖西食譜。

阿圖西的米蘭式燉飯需要洋蔥、骨髓、奶油、白米、白葡萄酒、番紅花絲、熱高湯和義大利帕馬乾酪屑。其做法為，先把洋蔥切細末，用奶油炒洋蔥末和骨髓，炒至洋蔥變黃，隨即將白米入鍋同炒，至米粒變透明時，加進白酒和番紅花，待酒汁煮沸後，接著一邊煮飯一邊徐徐在鍋裡添加熱高湯，一次淋個一杓，直到飯熟了為止。熄火前，拌進奶油和乾酪，即可上桌，附上更多的乾酪方便取用。

這是含有骨髓的做法，阿圖西也收錄了不加骨髓的做法，此時奶油份量可減少，其他做法大致相同，如此燒出的燉飯口味較清爽。這也是我較常烹製的「版本」，從前在台灣的時候，是因為骨髓難尋，如今搬來歐洲了，骨髓易購，卻由於「狂牛症」陰影不散，想想小命重要，還是別加比較妥當。阿圖西的食譜裡沒提到鹽和黑胡椒，我習慣加一點，覺得味道更好。

雖然義大利人食用米蘭燉飯，不限於春天，我卻總以為，這道滋味香濃色澤豔麗的佳餚，在乍暖還寒、繁花似錦的季節，食來最為對味，因為每一匙隱隱泛著油光的橘黃色燉飯，都好像吸吮了燦爛飽滿的春光。

阿圖西的米蘭式燉飯

(5-6 人份)

材料

洋蔥｜半個切末
小牛骨髓｜60 公克（可省）
牛油｜⅓ 杯外加 1 大匙
白米｜⅔ 杯半
不甜的白葡萄酒｜⅔ 杯
番紅花絲｜¼ 小匙
熱高湯
帕馬乾酪屑

做法

1 用一半份量的牛油炒洋蔥末和骨髓（如果用的話），至洋蔥變黃，但未變焦。
2 白米入鍋同炒，至米粒有點透明，加進白酒和番紅花絲，攪拌一下。
3 加進一杓高湯，仍需不時攪拌鍋中米粒，至湯吸收得差不多了，立刻再加一杓，如此重複多次，直到飯熟。
4 加進尚未用的牛油和乾酪屑，拌一拌，立即熄火，裝盤上桌。桌上可擺更多的乾酪屑，供人自行添加。

附註

阿圖西的食譜裡並未說明熱高湯的份量，我通常會用到 2 公升半左右，有時用雞高湯，有時用牛骨高湯，用後者煮出來的燉飯，滋味較濃重。

阿圖西交代，這道燉飯可供五個人吃。我以為，對現代人來講，這樣的份量當前菜可能嫌多了一點，因此改供六個人當前菜食用，或較恰當。

）

這篇刪除不少贅字，並更改一些標點符號。我不知道自己當年為何那麼喜歡用「的」和「了」二字，很多時候，真的太多餘。

夏天裡過海洋

夏天過到將近一半時，我又來到荷蘭。剛下飛機不久，就拉著約柏，央著他帶我上街找家海鮮攤，以便痛快大啖當令的鯡魚。接近仲夏的時節，正值「新鯡魚」（Nieuwe Haring）上市的旺季，鯡魚又嫩又肥，滋味最鮮最美。

好吃又好奇的旅人飄洋過海到荷蘭一遊，卻不吃鯡魚，就好像到了義大利竟然沒吃塊披薩或來盤pasta，只能用遺憾來形容。只因這鯡魚堪稱荷蘭的「國餚」，從海濱勝地、傳統漁港到大城小鎮，都不難發覺鯡魚店或小攤的蹤跡，從皇親國戚到升斗小民，人人幾乎都是從小吃到大，誰也吃得起。

雖說荷蘭並不以美食聞名，但是隨便翻開哪一本旅遊書，都可能看到一張大同小異的照片，圖中的人或是男或是女，或穿傳統服飾，或著流行時裝，都做著同一個動作，那就是用食指和拇指拎著魚尾，把頭向後仰著，嘴大大張開，顯然正準備將魚送進口中。

當初我就是被這樣的畫面勾起好奇心，而吃了生平第一條生鯡魚，後來更發現，這樣的圖片可不是旅遊指南上唬唬觀光客的噱頭而已。每逢五月下旬到七月下旬的鯡魚旺季，此情此景在荷蘭街頭處處可見。當令的肥美鯡魚可煎、可烤，也可拿來鹽漬、醋醃或煙燻，但好幾位荷蘭朋友都異口同聲地表示，用薄鹽漬過的「新鯡魚」，還是生食最為可口。

吃這種當令生鯡魚的方式有兩種，一種較無甚可奇，像是吃美式熱狗一樣，把橢圓的長條軟麵包，橫切成上下兩半，當中夾上一片去皮剔骨、切頭留尾的鹽漬鯡魚，並撒些洋蔥末去腥提味。不消一分鐘，一份簡便的鯡魚三明治便送到吃客面前。

第二種吃法，就是按照旅遊書照片中的樣子，學學只有在荷蘭才風行的傳統食法。這需要一點「技巧」和「訣竅」，首先，頸部肌肉得夠柔軟，頭往後仰的角度才夠低，其次，嘴巴務必張得夠大，方可將把總有四、五吋長、一吋多寬的鯡魚對準嘴，安安穩穩地送進嘴裡，輕輕鬆鬆地咬上一口。

兩種方法，我都試過，覺得還是第二種比較有意思，帶有儀式性的趣味。而我恐怕有點模仿的「天份」，多年前首次試著用傳統辦法吞食鯡魚，據當時在旁邊的旅伴評論，姿態頗嫻熟，看不出來是吃鯡魚的生手。

或許是被讚美得有點飄飄然了，初嘗生鮮鯡魚之味，頗有「驚豔」之感。其實在那之前，在台灣已吃過進口的燻鯡魚，熟的，覺得肉質有點堅韌，印象普通。也嘗過朋友帶回國的醋醃鯡魚，記得酸極了，嘗不出有何美味。沒想到當令的新鯡魚，卻令我大為讚嘆。

只用少許鹽稍微醃漬鯡魚，是一種「極簡」的處理法，這不但保存了鯡魚的鮮度，薄薄的鹹味更帶動了味蕾，讓人的味覺更敏銳，更能體會魚肉之鮮美。不過，這種帶著些許原始刺激性的味道，並不是人人皆能欣賞，我曾大力推薦友人到荷蘭務必嘗試生食鹽漬鯡魚，他回國後卻向我埋怨其味腥臭不可當，害得他一整天吃不下飯。

飲食口味實在沒法訂定絕對客觀的標準，由此又得實證。

至於我，夏天裡過海洋，來到這個北方的風車之國，捕撈自更遙遠海域的「新鯡魚」，仍是我最鍾愛的荷蘭之味。

）

撰寫此篇時，我尚未搬到荷蘭，和丈夫還在所謂遠距離戀愛的階段，寫作角度所反映的，自然是異國訪客而非在地住民的觀點。

然而，是訪客也好，為住民也罷，甚至到了眼前，我已返台定居，最愛的荷蘭味仍是新鯡魚。

一場疫情，讓我超過三年沒有嘗到這夏季之味，好懷念啊。

一抹豔紅，從安第斯山飄到北海畔

時序漸入盛夏，晴朗的星期六早晨，我和約柏結伴上有機蔬果店，買來一大串還連著藤蔓的豔紅番茄，預備調製托斯卡尼風味的番茄麵包沙拉，款待中午要來家裡小坐閒談的朋友。

這道午餐沙拉除了提味的紅洋蔥和九層塔外，主材料只有番茄和放了一兩天的義大利麵包，故而用料品質的優劣，足可決定菜餚是否美味。為了做這道菜，我提早兩天便上義大利人開的小店，買來了脆皮的鄉村麵包，用紙袋鬆鬆包著，擱在食櫥裡不理它，這會兒已「陳」得差不多了。番茄沒法早早買好存在家裡，因為它的滋味越新鮮越妙，夫妻倆因而週末不辭辛苦，一大早便出門，就為挑最好吃的。

這道番茄麵包沙拉，我只在夏天做，實在是只有夏季的番茄，才能顯出菜餚之美之香。

其實，農業發達先進的荷蘭，一年四季都產番茄，冬天上市的溫室番茄，色澤也紅，體型亦圓潤肥厚，可惜吃到嘴裡往往不是那麼一回事。這是因為番茄在生長的過程中，白天需要充足的陽光，晚間則得置身於涼爽的環境裡，而溫室當中雖有人工光線和溫度調節器，能夠仿製出適合種植番茄的生長條件，但是再怎麼說，人工畢竟比不上天然，故而冬季的番茄外型雖也美好，味道卻多半稀薄，不若在藤上自然成熟的夏季番茄，那麼多汁而風味飽滿，吃在口中，彷彿親炙溫暖的陽光。

我是來到歐洲以後，才真正愛上番茄的滋味；從前在台灣，對番茄的印象只是普通。台灣市場販售的黑柿番茄，外皮色澤青紅參半，味道也偏酸；前些年有人自外國引進新品種，培育出牛番茄（beefsteak tomato），顏色紅潤了，滋味仍稍嫌不夠香甜，這或許因為寶島陽光雖充足，日夜溫差卻不夠大的緣故。

是以，我還住在台灣時，平時難得買番茄，偶爾興致來了，才會買上三、四個看來比較紅的，做番茄炒蛋、番茄豆腐湯或番茄紅燒牛肉之類的家常小菜；再不然就是憑著兒時跟著阿嬤到華西街吃「甘仔蜜」的記憶，用醬油膏、糖和薑末，調成一碗醬料，拿來蘸切塊的生番茄，當水果吃。

我所熟悉的中式番茄菜餚或點心，差不多就是這樣了。翻翻歷年來收藏的多本菜譜，發覺用番茄烹調，在中國菜裡確實不算普遍。想來是因為番茄乃外來蔬菜之故，這一點從它名字的那個「番」字，以及它的另一名稱西紅柿裡的那個「西」字，便看得出來。

然而人類食用番茄久矣，據考據，至少在三千多年前，也是在中國商、周兩代之際，南美洲安第斯山脈的馬雅人便已將番茄當成農作物種植。他們那時種植的，很可能是原始種的櫻桃番茄，也就是俗稱的小番茄。不過，豔麗嬌小的番茄，得在青綠的山脈默默生長好久好久，要到西元十六世紀中葉，才被到南美的西班牙探險者發現，帶到歐洲，走進所謂西洋文明的世界。

番茄傳入中國也在十六世紀，應是那世紀的末葉，亦即明代萬曆年間的事。明末文人王象晉在十七世紀初編撰一本介紹栽培植物的著作，名曰《群芳譜》，書中有云：「番柿又名六月柿，莖似蒿，高四五尺，葉似艾，花似榴，一結枝五實，或三、四實……來自西番，故名。」這裡說的番柿，即是我們今日講的番茄，這也是此種起源自南美的果實頭一回出現在中國書籍當中。

至於台灣的番茄，則是荷蘭東印度公司在十七世紀據台時引進，不過當時種來只為觀賞，不是拿來吃的，這主要是由於當時有很多歐洲人以為番茄有毒，只能賞玩不能吃。北歐人、英國人和北美人對番茄的疑懼最深，他們直到十九世紀中葉才開始食用番茄。美國作家史密斯（Andrew F. Smith）所著*The Tomato in America: Early History, Culture and Cookery*（中譯本名為《番茄》），便記載一個有意思的故事。

一八二〇年九月，紐澤西州撒冷城的名人羅伯．強森宣布要在郡政府門前階上，當眾吃下番茄，在那以前，美國人一直認為番茄是毒果。這個消息一傳十、十傳百，引起轟動，到了指定的日子，現場人山人海，只為爭睹強森中毒倒地。怎料到這大膽的傢伙張開嘴，一口咬下那恐將致命的玩意後，沒死不說，吃完臉上還露出意猶未盡的神情。據說，美國人開始大啖番茄的轉捩點，就是這一刻。

比起北歐和美國人，地中海一帶的南歐人比較沒那麼疑神疑鬼，他們初時也有過疑慮，然而地中海氣候白天陽光普照，晚上乾燥涼爽，最有利於番茄的生長，種出番茄特別美味多汁，生性愛好享樂與美食的拉丁人，哪裡抗拒得了番茄的誘惑，來自安第斯的奇異果實遂逐漸登上家家戶戶的餐桌。

十七世紀初，西班牙人開始用番茄烹調，甚至有人以為番茄具有春藥作用，這也讓它擁有「愛情果」別稱。到了十八世紀，西班牙和義大利出版許多收錄番茄菜餚的食譜，顯示人們對番茄的喜愛。尤其是義大利南部菜系，廣泛地用番茄入菜，不論煎、煮、燉、烤或涼拌，道道都讓人垂涎三尺。時至今日，這個發源於南美洲的果實，幾已成為義大利菜的代表材料，我真不敢想像，義大利人要是沒有番茄，日子該怎麼過下去。

直到現在，南歐人還是最懂得如何巧妙運用番茄的美味。番茄本身味道飽滿、又香又甜，故佐料不宜濃烈，以免喧賓奪主，讓菜餚失去果實天然的風味。特別是夏季當令的番茄，滋味正達巔峰，往往只要一點點的鹽和油的襯托，便能製出一道好菜。

西班牙、義大利和希臘這三個地中海國家，便各都有大同小異的番茄麵包食譜，常用來當成夏日正餐之間的點心或主餐的配菜。三國的做法差不多，皆是將軟熟多汁到幾乎即將綳裂的紅番茄，稍稍施力壓碎或切小塊後，拌些橄欖油和鹽，塗抹於麵包的一面或兩面，就這麼吃。義大利人還喜歡在番茄裡摻點羅勒或俗稱披薩草的奧勒岡香草，再加上少許蒜末，味道稍重一點，不過番茄的香與甜仍是主味。

我自己嘗過最美味的番茄，便是去年夏末秋初，在南歐的托斯卡尼度假時吃到的。

客居小屋的女房東寶拉，擁有一大片果菜園，夏季盛產番茄。她親手栽培的番茄，色澤紅豔鮮麗，但外表多半奇形怪狀，少有幾個規規矩矩長成圓形。據寶拉講，那是因為她除了施用有機肥料以外，絕不噴灑化學農藥或促長劑，就讓番茄在托斯卡尼的豔陽下自在地生長、成熟，因此果實長出來的模樣也就渾然天成，什麼形狀都有。

鄉居首日，寶拉送來一籃自家菜園出產的蔬果，其中便有番茄。頭一天，我拌了番茄沙拉，就是把番茄切丁，拌上油、醋、蒜末和新鮮鼠尾草屑，再撒點鹽和黑胡椒調味，做法簡單至極。第二天，做托斯卡尼名菜 panzanella，亦即番茄麵包沙拉，做法亦不難：將切塊的番茄、浸過清水的陳麵包、紫洋蔥絲和羅勒等材料，統統混在一起，再加少許鹽和黑胡椒，淋點油、醋，如此而已。

這兩道小菜製法雖簡便，味道卻飽滿、香甜極了，不但同桌的丈夫和另外兩位旅伴都吃得津津有味、讚不絕口，連負責做菜的我也忍不住自誇，天下怎麼會有這麼可口的沙拉。其實，我當然曉得，這並不是我廚藝高超使然，而是那長得不怎麼起眼的番茄實在太好吃了。這些果實在枝頭吸足日照，把陽光的香、甜和暖，統統融入果肉裡，讓人一食難忘。我現在回想起來，還會流口水。

懷著美味的記憶，在盛夏的荷蘭，我決定再做一次番茄麵包沙拉，期待用這豐厚飽滿的好滋味，在北海的天空下，與知心的人分享夏日的甜美。

托斯卡尼風味番茄麵包沙拉

(3-4 人份)

材料

脆皮麵包｜250 公克（或用全麥麵包）
成熟紅潤的大番茄｜3 個
紅洋蔥｜1 個（買不到的話，改用中等大小的白洋蔥）
羅勒或九層塔｜一小把，約十幾片
特級橄欖油｜5 大匙
紅酒醋｜1½ 大匙至 2 大匙
鹽
現磨黑胡椒

做法

1 麵包切片後，用冷開水浸泡約 10 分鐘，撈出擠出水分，撕成小塊，置大碗中。
2 番茄一切為八塊，洋蔥切絲，將這兩樣蔬菜、羅勒或九層塔加進麵包碗裡，調入橄欖油和鹽、胡椒，用保鮮膜覆蓋，置冰箱冷藏至少半小時。
3 預備食用前，將沙拉碗自冰箱取出，淋醋拌勻，怕酸的少淋點，嗜酸的多淋些也無妨，分裝盛盤。
4 上桌時附上油罐和鹽、胡椒，以便各人視口味需要，再行調味。

這裡寫的番茄麵包沙拉，和第三輯中的和柯恩有關的麵包沙拉，材料和做法雖有部分雷同，但基本是兩道菜，讀友不妨都試試看。

另外，荷蘭是北溫帶氣候，夏季的天氣像是台灣的冬、春兩季不冷不熱之時，也因此荷蘭種植的番茄逢夏最為美味。

返台定居後，我改在冬末春初大啖番茄，因為此時方為台灣番茄當令的季節。亞熱帶島嶼夏季太炎熱，不利番茄生長，超市或傳統市場賣的番茄價格貴又不好吃，我何必傷了荷包又壞了自己的胃口，是不是？

野味之季

十一月，是秋收的時節，對一些歐洲人來講，則是狩獵的大好時光。

歷經春夏的滋養，野地裡的飛禽走獸和河海湖泊中的游魚鮮貝，至此最是肥美。在現代電氣文明尚未茁壯的農業時代，秋收冬藏是許多歐洲人生活的秩序，居於內陸的農家趕著在嚴冬將臨、大地冰封前，宰羊屠豬，把肉醃漬儲存起來，接下來一整個冬季，甚至一整年都不愁無肉可食。海畔的居民則忙著把一條條鮮魚用鹽醃好風乾，或進燻房裡煙燻幾天幾夜，做成的鹹魚和燻魚亦是經久不壞。

曾在介紹荷蘭民俗文化的一本書裡讀到，只不過在約一百年前，這個西歐國度仍有上述的生活型態。每年一到十一月，農家就開始磨刀，養豬的殺豬，蓄羊的宰羊，總之家裡飼養什麼禽畜就屠宰什麼，村裡的人還會事先講好自家預備要宰牲口的日期，以便將各家的屠宰日錯開來，大夥好互為幫手。

等到了輪到自家的那一天，左鄰右舍都來共襄盛舉，男人負責操刀的血腥工作，女人則忙著將眾家丈夫分割好的肉塊醃漬起來，或灌成香腸。大夥雖忙活得認真又帶勁，中途也不忘偷個閒，休息片刻，聚在一起喝杯熱騰騰的咖啡或茶，吃點主人準備的點心塞塞胃，順便道道是非、講講八卦。

當一切大功告成，鄰居紛紛告辭。臨走時，人人手上拎著一塊鮮肉，回家加菜。在那淳樸且普遍貧窮的年代，節儉的農家可不是天天都有新鮮又豐富的油水可食，可以想見這樣一塊肉對升斗小民來講，有多麼難得又寶貴，而大夥你來我往、互助合作的人情味，又有多麼濃厚。

富有的地主和王室貴族則不必操持屠刀，自有大魚大肉送上門來，不過這些有錢有閒的大爺，在這個月分也忙得很——忙著騎馬打獵。

在動物權不彰、尚無環境保育觀念的年代，除了靠狩獵維生的獵人外，上流社會的老爺大人到野外打獵，無關生存，嬉遊的成分居多，在他們看來，遊獵不過是運動遊戲的一種。英文詞彙中，獵來的野味統稱game，詞源就在這裡。時至今日，歐洲仍有人嗜好遊獵，其中不乏貴族遺老之類的特殊階級人士。

然而，這些年來歐洲各國因保育和動物權觀念大增，狩獵的相關規定越來越嚴格，不再像幾十年前那樣隨人任意獵捕天上的飛鳥、林間的野獸。

就拿荷蘭來講，王室礙於保育組織的反對，早已放棄在荷蘭東部皇室森林秋獵的傳統，至於一般擁有獵人執照的平民百姓，也只能在每年秋冬季特定期間內狩獵，且不是愛到哪就到哪，想獵啥就獵啥，狩獵只能在劃定的區域內行之，列為保育項目的動物當然不可殺。

獵來的飛禽走獸哪裡去了？那還用講，多半祭了老饕的五臟廟。

華人秋冬進補的習慣行之已久，歐洲人到了天寒時分，和華人一樣，也愛吃野味。只是歐洲人沒有什麼攝食補身的觀念，吃野味多半只為滿足口腹之慾，才不管吃進肚裡的珍饌美味能不能滋陰補陽。

以荷蘭為例，每年到了十一月左右，傳統市集、肉店和超市裡，紛紛掛出告示，大賣雉雞、鵪鶉、松雞等飛禽，以及鹿肉、野兔等走獸；較高級的餐廳這當兒推出的時令佳餚，自然也以野味為主。

我正式定居荷蘭的頭一個秋季，見到野味竟如此炙手可熱，不免感到詫異。荷蘭的土地高度利用，又沒有什麼深山幽谷，哪來這麼多野生動物供人食用？

有一天和約柏應邀到老饕鄰居馬丁家用餐，當晚主菜就是他特地燒的時令菜──「橙汁野鴨脯」，在吃完開胃小菜、等候主菜上桌的空檔，我提出上述疑問。

「現在市面上賣的野味其實已經不太『野』了。」馬丁端上澆了橙味醬汁的烤野鴨，一面說，「因為不只在荷蘭，在英、法、德、義等許多歐洲國家，都有專養殖野禽和食用鹿與野兔的農場，供應饕客所需。經馴養的飛禽走獸，味道雖不如獵來的野味那麼重，野性略遜，但是還是比家禽和一般畜肉來得有肉味，何況在野生動物保育觀念已成顯學的這個時代，吃來較不會良心不安。」

他的一番話解答了先前的疑問，可是新的疑問又浮現，既然已經由人類飼養，這些禽畜怎麼還能稱之為野味？

「是啊，我也覺得這種分類很奇怪，可是大家都這麼叫，我也就隨俗。不過，我們今天吃的可是貨真價實的野味，是限時獵捕的純正野鴨肉，我上很有信用的老舖買來的。」

我雖從小好吃成性，但對山豬、鹿肉等獸肉和各種飛禽肉卻始終興趣缺缺，因為野味，尤其是野禽，多半得在宰殺之後整隻連同羽毛吊掛在通風的地方兩三天，待有腐臭味開始傳出，才料理供食，因此吃來不但味道重，還有股異味，嗜食者覺說那叫做「野味十足」，我卻深以為臭。

這一天，既是應邀作客，對於主人不辭辛苦、不計代價，特意張羅準備的野味菜餚，我自然不便也不能挑剔，遂忐忑不安地割了一小塊「純正的」野鴨肉送進嘴裡。

馬丁的手藝一向不錯，加了柑橘白蘭地同燒的橙味醬汁，頗能中和鴨肉的油膩，然而或許是心理作用，我還是覺得口中的肉有股奇怪的味道，那正是令老饕著迷、卻無法令我垂涎的「野性滋味」。

我這廂心有疑慮，卻見同桌的兩位歐洲老兄皆吃得津津有味，吃完野鴨脯，尚意猶未盡地用麵包把盤底的肉汁抹乾了吃下肚。

飲食口味真是沒有客觀標準啊。

我畢竟不是歐洲人，十一月雖是狩獵與啖野味的季節，但是我只要曉得這件事，且嘗過幾口，也就可以了吧！

向馬丁要來這份野味食譜，附在這裡給愛吃野味或鴨子的人參考，買不到野鴨肉，就用一般的肉鴨也成。

橙汁野鴨脯

4 人份

材料

A 去骨連皮的野鴨或肉鴨胸肉｜ 2 大片
B 柳橙皮絲（黃色的部分）｜ ½ 小匙
鮮橙汁｜ ¼ 杯
醬油｜ 2 大匙
蔬菜油｜ 2 大匙
蜂蜜｜ 1 大匙
白酒醋｜ ½ 大匙
鹽｜ ⅛ 小匙
C 鹽和黑胡椒
D 柑橘白蘭地（或一般白蘭地）｜ ½ 大匙
水｜ ⅓ 杯

做法

1 用利刀在鴨皮上劃方格，將 B 中其他所有材料混合均勻，成醃汁。
2 將鴨肉和醃汁同置塑膠、陶瓷或不鏽鋼容器中，不可用鋁質器皿，用保鮮膜覆蓋好，放進冰箱冷藏室醃至少 8 小時或隔夜。
3 將鴨肉取出，醃汁留用。用紙巾將鴨肉上的汁液拭乾，撒少許鹽和黑胡椒調味。
4 燒熱平底厚煎鍋，刷上薄薄一層油，鴨肉皮朝下置鍋中，以中大火煎約 5 分鐘後，倒掉鍋裡的油，轉中小火續煎約 20 分鐘，皮仍朝下，需把皮煎至黃褐色，但不可煎糊。
5 再次倒掉鍋中多餘的鴨脂，將鴨肉翻面，蓋上鍋蓋，轉小火再煎 10 分鐘左右後，取出置盤上。
6 火力轉成中火，在煎鍋裡倒進 D 材料中的柑橘白蘭地，讓它「滋」的一聲瞬間燒滾，立刻再澆進清水，用鏟或匙刮鍋底的渣渣，好讓渣渣的味道融進湯汁中。
7 將保留的醃汁入鍋同煮，自鴨肉流至盤上的肉汁，也不要浪費，注入鍋裡同煮 2、3 分鐘，至煮汁稍收乾。
8 將鴨肉逆紋斜切成薄片，分到四只溫熱的盤子上，攤開成扇形，澆上醬汁，旁邊配些水煮胡蘿蔔或豌豆莢之類的蔬菜當盤飾即成。

冷嗎？來碗荷蘭豆湯

千禧年前的隆冬，我從氣溫十幾度的台北，飛行十七個小時，來到零度的荷蘭。史基浦機場有暖氣空調，倒不覺得特別冷，待一出機場，一陣冰冷刺骨的寒風迎面襲來，這才發覺，自己畢竟已經離開亞熱帶，置身於北國，酷寒的冬天正等著我呢。

去鹿特丹的火車上，儘管車裡開著暖氣，我卻一路直喊冷呵冷呵。我腦袋裡還留著上一回離開時，四下皆是青蔥碧綠、陽光燦然的夏日影像，而今，鐵道旁、田野間高大挺拔的樹木，葉已落盡，只剩乾枯的枝椏兀自伸向低雲滿布的蒼灰天空，眼見此情此景，教我怎麼不打從心底覺得寒冷呢。

何況，這會兒肚子好餓。雖然航程中供應三餐，但我怕透了飛機餐，都是吃一點水果，嘗幾口沙拉或乳酪便罷，熱食碰也不想碰，這一路折騰下來，胃裡空空盪盪的，更覺得天寒地凍。回到鹿城，乾脆把行李寄在車站，和約柏上一家傳統小咖啡館，吃個午餐再說。

剛坐下，我的壞毛病又來了，假裝不經意地挪動身子，轉一轉頭，好像在運動運動僵硬的軀殼，其實是想偷瞧左鄰右舍都在吃喝些什麼。當時同我交往快一年的約柏也習慣了，僅僅小聲地提醒我，別做得太明顯，惹惱鄰座的人。

安靜的星期日午後，小小的咖啡館生意卻好極了，座無虛席，大概是因為耶誕節將至，大夥都出門來採購年節應景物品。我看見好幾桌的人，都在喝一種淺綠色的濃湯，先前已斷斷續續在荷蘭待了四個月，這裡的人愛喝湯，我早就曉得了，通常不是紅紅的番茄湯，就是清清的蔬菜湯和加了幾根麵條的雞湯，卻沒見過這種看來濃稠得不得了的綠湯。

「那是 erwtensoep（豆湯），一種用乾的青豌豆煮成的湯，是荷蘭傳統老菜，冬天才上市。」約柏向我說明，接著又補了幾話，「我最怕這種湯了，你瞧，綠綠的又黏稠稠的，像不像嘔吐物？」

我白了他一眼說：「我就要喝豆湯，那麼多人都點了，一定很好喝。」

我從小愛喝用豆子煮的湯，甜的綠豆湯和紅豆湯也好，鹹的黃豆湯和西式的青豆濃湯也罷，只要把豆煮得爛爛、濃濃，送入嘴裡滿口豆香，我都覺得美味。

何況，我早已發覺，明明是道地荷蘭人的約柏，碰上荷蘭菜，尤其是傳統做法的菜色，老愛扮演反對黨的角色。猶記我們開始交往後不久，有天在阿姆斯特丹逛英文書店，看到一本荷蘭傳統食譜，他曉得我愛收集各國食譜，買了一本送給我，一邊還半開玩笑地半正經地說：「拜託絕對不要煮裡頭的任何一道菜給我吃。」

他的話雖誇張，卻不是完全沒道理。如果以「精緻」為美食的標準，那麼傳統的荷蘭菜跟所謂美食完全是兩碼子事。我聽過一種說法，「法國人為吃而活，荷蘭人為活而吃」，一語道盡荷蘭人對飲食的傳統觀念。

荷蘭除了南部靠近比利時的天主教地區外，一般民風受基督教喀爾文教派影響頗深，將摒棄華服美食等世俗享樂視為美德，直到今日，老一輩的荷蘭人仍以為，飲食不過維生的手段，食物能讓人吃飽，又有營養就行了。因此傳統的荷蘭菜餚由少許的肉類和大量的馬鈴薯與蔬菜組成，以份量充足且營養豐富取勝，通常把材料匯集一鍋，煮熟調味便了事，其特色正應了台灣人所說的「便宜又大碗」，至於滋味是否細膩，那可就顧不著了。

話說那一天，我沒有等多久，掌櫃便送來我點的湯，旁邊附送一薄片像是餅又像麵包的深褐色玩意兒，湯面還有一片冷的五花肉。約柏說，那分別是蕎麥麵餅與煮培根，傳統上都是用這兩樣來搭配豆湯。

我端詳湯碗裡的內容，但見濃稠如粥的湯中有胡蘿蔔、肉丁和香腸片，以及少許綠色的纖維，看來是某種菜絲，獨不見豌豆的蹤跡。

「那是因為豆子煮了好久，都煮化了。記得小時候看我媽煮豆湯，她總是前一夜就把乾豆子用清水泡起來，第二天再加上其他材料一起燉煮許久，得煮到豆子爛了才行。」

我嘗了嘗熱騰騰的湯，其賣相雖不佳，味道倒挺濃醇的，除了豆香以外，裡頭還摻和多重滋味，不知是什麼。後來查閱不同的食譜，發覺豆湯的做法雖因人的口味不同而略有差異，基本材料卻大致相仿，不外乎剖開的青豌豆（spliterwten，英文為 split green peas）、馬鈴薯、亦為塊莖類蔬菜的根芹菜（celeriac），以及芹菜、月桂葉和大塊的豬肉等幾樣常見的食材。老派食譜用的是便宜但富含膠質與脂肪的豬腳和豬耳朵，現代的人怕胖，多半改用排骨或帶骨的肩胛肉。

豆湯的做法不難，大體上就是把豆子、肉和蔬菜扔到鍋裡，加上清水燉煮至豆皆鬆化，馬鈴薯與根芹菜也夠爛後，再加進洋式燻腸或法蘭克福香腸同煮，讓湯看來比較有料。

豆湯講究越濃稠越好，檢驗豆湯夠不夠濃稠的傳統辦法是，待湯冷了以後插一根湯匙到碗裡，匙子需站得直挺挺地不會倒下，才算合乎標準，你看這湯濃不濃又稠不稠？因此，荷蘭人一般不把豆湯當「湯」喝，而把它當成主菜吃。

荷式豆湯煮起來不費事，卻頗費時，一般人家往往一煮就是一大鍋，足可吃上好幾頓。反正冬季天氣冷，高油脂、澱粉質也多的豆湯不消多時便凍結成糕，要吃的時候切一塊下來置鍋中，在爐上加熱，使之融化變溫熱，便是一餐，相當方便。

這樣燉煮出來的豆湯雖稱不上精緻，卻保證令人飽足。我可以想像，在古老的農業時代，荷蘭農夫在嚴寒的戶外幹完活以後，回到被壁爐薰得暖烘烘的家裡，喝上妻子端來的一碗熱呼呼又厚實的豆湯，讓一陣暖流從喉間直達腸胃，再流遍全身，那滋味該是如何恬適又溫暖。那當兒，所謂精緻美食哪裡比得上一碗樸實的豆湯！

別說是古代的農夫了，如今我已在荷蘭度完第三個冬天，雖說怕冷依舊，到了秋天卻會期盼冬日來臨，只因我曉得，時序一到冬天，我便有這道樸實美味的平民佳餚可以吃了。

婆婆聽她兒子說起，我這個外國人竟然特愛吃標準荷蘭味的豆湯，覺得這媳婦真是有趣，正巧豆湯是她少數幾樣拿手菜，於是每逢冬日，我和丈夫前往一百多公里外的小城探望她老人家時，婆婆總會煮上一鍋，讓我喝個過癮，卻可憐了從小對豆湯沒好感的約柏，只能淺嘗即止，得另外再塞兩片麵包和乳酪，才能把肚子填飽，以免回鹿特丹的路上飢餓難忍。

婆婆的豆湯

(6-8 人份)

材料

剖開的乾青豌豆｜ 500 公克
清水｜ 2.5 公升
帶骨的豬肩胛肉｜ 300 公克
培根肉丁｜ 200 公克
月桂葉｜ 2 片
洋蔥｜ 2 個，切碎
韭蔥或日本種大蔥｜ 200 公克，切成圈狀
根芹菜丁｜ 200 公克
胡蘿蔔丁｜ 200 公克
馬鈴薯丁｜ 200 公克
法蘭克福香腸｜ 500 公克
鹽、胡椒
一把芹菜切碎（不光是莖，也需摻少許葉子）

做法

1 如果用的是傳統乾豆，需用清水浸泡豆一夜。如果用的是快煮乾豆，則用水沖洗過以後，直接置鍋中，注入清水，再把整塊的帶骨肩胛肉、培根肉丁和月桂葉也放進鍋裡，大火煮至沸騰。
2 撈除湯上的浮渣，蓋上鍋蓋，小火煨煮約 45 分鐘，當中需不時用湯杓攪拌一下，以免燒糊了底。
3 肩胛肉撈出鍋中，稍冷後剔去骨頭，肉切成小丁。
4 所有的蔬菜、整條的法蘭克福香腸以及豬肉丁入鍋，以小火煮半小時左右，其間仍需不時以湯杓攪拌。
5 剔除月桂葉，撈出香腸切片。
6 視口味在湯中加鹽和胡椒調味，加進芹菜末、香腸片，小火再煮數分鐘即可。

附註

婆婆交代，如果沒有根芹菜，可用同份量的馬鈴薯丁取代，但是後頭需多加一點芹菜葉，湯的味道才會香。
這道湯品適合一次煮上一大鍋，分裝冷藏或冷凍起來，想吃的時候再熱便可。中國菜多半講究現煮現食，荷蘭的豆湯卻是回鍋再熱的，比剛煮好的滋味更香濃可口。

婆婆已於二〇一八年夏天過世，我在那年春末曾從台北赴荷蘭，探望老人家，又要返台前，前往小鎮向婆婆辭行，當時已隱約有預感，這或是最後一次見面了。

閨名 Nelly 的婆婆，少女時期正值第二次世界大戰，較晚才嫁為人婦、成為人母，六十多歲遷居國家公園旁的小鎮，方展開退休生活不久，卻遭逢喪夫之痛，幸而她喜愛閱讀，又有賞蝶與攝影的嗜好，並未因喪偶而懷憂過久，其攝影作品曾被選為蝴蝶與蛾類專業期刊的封面，是婆婆晚年最引以為榮的事。

我很慶幸自己將她的豆湯食譜留了下來，老人家如今雖已不在，美味卻仍存留於親人的舌尖。

立食，在寒冬

春節過後，鹿特丹越來越寒冷，時常沒頭沒腦便下起一陣夾著冰雹的冷雨。碰上這種惡劣的天氣，本就懶散的我實在提不起勁出門，天天窩在暖氣充足的家裡，哪兒都不去，頂多到樓下的超市買買菜，如此而已。

星期六早上，竟被久違的陽光曬醒，拉開窗簾，晴空萬里，昨天還重重壓著地平線的灰雲，早已不見蹤影。碼頭波光粼粼，連久久不見的野鴨也好像恢復了生氣，成雙成對地划著水。

朝陽如此明麗，是個出門的好日子，我決心擺脫賴在身上不走的懶惰蟲，到市集逛逛，買尾鮮魚什麼的，算是慶祝豔陽重返大地。

受到陽光鼓舞的人顯然不只我一個，市集的人潮較往日擁擠，我卻不急著買菜，決定先拐到大教堂附近吃一份煮淡菜（Mussels，即貽貝或青口）再說。

每年的八月底到次年的四月，是荷蘭的淡菜產季。每逢這時節，鹿特丹週六大市集的一角便會擺出淡菜攤，從上午十點多到下午三、四點，大瓦斯爐上的火幾乎沒熄過，一大鍋又一大鍋煮著淡菜。

這一天，我到得正是時候，加了洋蔥、芹菜和胡蘿蔔同煮的淡菜才剛開鍋，熱氣氤氳。我瞅見攤邊只剩一個勉強可供一人站立的空間，趕緊擠進去。小攤不設座位，要吃淡菜就得站著，像日本人說的，「立食」。

一堆男男女女、大人小孩，就這麼圍在攤旁，先從鋼碗裡挑出一枚空淡菜殼，把這雙邊貝殼當成天然的夾子，然後開始忙不迭地夾起肥碩飽滿的淡菜肉，一粒粒往嘴裡送，吃完一粒，隨手就把淡菜殼往跟前堆積如小山的殼丘一扔，一隻手再取一粒，一樣用另一隻手上的空貝殼夾取貝肉。自詡優雅的人士看了這副景象，也許會大蹙眉頭，嘆聲吃相不雅，我卻真想告訴他們，「可惜白白錯過美味都不知道呢。」

我實在喜歡和一大夥人站立在街邊，不管儀態，不講求繁文縟節，痛快淋漓地享用美食，這是種多麼直截了當的常民喜樂。每逢此時，我往往會以為人間太平、歲月靜美，只因生活中俯拾皆是如此簡單明朗的樂趣。

不知從什麼時候開始，我就是個「立食族」。

深入挖掘記憶之庫，最早的立食經驗發生在北投故鄉，一直到二十幾年前，小鎮都還有流動攤販推著板車，沿街叫賣吃食，夏天是杏仁露、粉條冰和吃時得淋上金黃糖漿的涼鹼粿，冬天有豆腐腦、餛飩和麵茶。

這些林林總總的小吃，你倘若想吃上幾口，要麼得自個兒帶上鍋碗，買回家再嘗，要不就需站在路旁，把盛在陶碗或塑膠盤裡的東西吃個精光。這些小販四處走動，哪有辦法替客人準備桌椅板凳。

如今想來，最適合立食的，大概就是這一類最好趁熱（或趁涼）下肚的小吃吧。

荷蘭的淡菜正是如此，剛起鍋時肉質鮮嫩甘美，一旦涼了就會變韌，咀嚼起來似橡皮，還有股腥味，滋味大打折扣。大概就因為這緣故，荷蘭雖然離台灣很遠，民族性也較拘謹守禮，一般並無在路旁大吃大喝的習俗，可是到了淡菜上市的季節，起碼在鹿特丹的市集，不習慣吃路邊攤的荷蘭人，好像全轉了性，或者解放了，不分男女老幼，一個個帶著滿足的神情，在寒風中佇立著，一口接一口大啖熱騰騰的現煮淡菜。

這一天，我的身旁是一對金髮碧眼的父子。那兒子約莫八歲，瘦小的身子看不出食量挺好，一個人吃完滿滿一碗淡菜，隨即踮高腳尖，用攤前掛著的毛巾拭拭手，抬起頭，對正在向第二碗淡菜進攻的老爸說：「Pa，真好吃，是吧？」那父親一邊夾著淡菜，一邊低下頭，看著兒子說：「你真棒，第一次一個人吃完一整碗。淡菜，真的很好吃。」

不小心聽到這段對話的我，忍不住想像三十年以後，這個兒子長大了，在某一個同樣晴朗的冬日，他會不會也牽著自己的小孩來到市集上，站在淡菜攤前，一邊享受熱呼呼的好滋味，一邊想起這一段瑣細卻甜美的往事呢？

年味

冬日清冷的晨光透過窗紗照在臉上，我賴在溫暖的被窩裡，彷彿還半夢半醒，就是不想起床。那時我大概六、七歲，也可能已經八歲，這會兒真的弄不清楚，畢竟是太多年以前的事了。

朦朧間，有人打開房門，隱約有一股甜美馥郁的香氣飄來。「啊，過年了，」我默默告訴自己。睜開眼，媽媽立在床前，含笑說：「快起來洗臉刷牙，馬上有人來拜年，你得跟客人說恭喜。等換好衣服，先到飯廳吃蓮子湯。」

我跳下床，衝進浴室，很快地抹把臉，應卯地刷了牙，換上昨晚放完鞭炮後媽媽替我掛在床頭的新衣裳，奔至飯廳，喊著「大家恭喜」，一邊一屁股坐到餐桌旁，桌上已經有碗桂圓銀耳紅棗蓮子湯在等著我。

蓮子湯是我家過年必食的第一道點心，祖籍江蘇的父親說，這可是家族傳統，老家大年初一一大早不吃鹹的東西，就喝甜甜的蓮子湯，這樣全家老少一整年都會甜蜜和樂、如意圓滿。喝完了湯，再來要吃糖年糕，小孩吃了年糕才會「年年高」。

我不怎麼愛吃年糕，尤其是清蒸的或蘸了麵糊油炸的，總覺得食來太甜太膩又太黏牙。我只吃簡單用油煎過的年糕，最好煎得有點焦，帶焦香的年糕食來不那麼「死甜」，我樂意吃上一兩片，我可想快點長高。

至於蓮子湯，雖也甜，我卻不覺得膩口，一口氣可以喝上兩飯碗。你瞧，這湯既有桂圓乾的濃香兼具紅棗的清甜，還有鬆化的蓮子對襯軟滑的銀耳，能不好吃嗎？

我家平日三餐有幫忙家務的陶媽媽代勞，過年喝的蓮子湯卻不假他人之手，從選料到烹飪都由爸媽親力為之。

有一年春節前，我湊熱鬧跟著雙親進城辦年貨。記得光是一個蓮子湯，僅僅桂圓乾、銀耳、蓮子、紅棗四樣材料，就得跑兩三個地方。先到西門町一家江蘇老鄉開的食品店，爸爸端詳著從香港轉運進口的湘蓮，順手撈起幾枚，輕輕一搓，對我說：「你看，這蓮子摸起來乾，肉厚，顆粒大又飽滿，顏色不太白也不太深，而是淺黃，表示不是陳貨，滿好的。」於是請掌櫃秤一斤半，順便再買些玫瑰酥糖、雲片糕和芝麻交切片。過年嘛，總得吃點零食。

接下來，從城西奔往城北的老街，買手工燻製的桂圓乾，爸媽要買已剝殼去籽的本土產品。這種桂圓乾一盒盒已包裝好，無散貨，為避免買到次級品，必須找信譽好的老店，比較可靠。那老闆是老台北人，講閩南語，所以這一回換媽媽上場，由她負責開口和店家交涉。

上等桂圓乾進了提袋中，一家三口安步當車，到離老街不很遠的中藥鋪。這家藥鋪的銀耳蒂少又大朵，顏色微黃。「銀耳並不是越白越好，」爸爸又教了我一課。

紅棗也在這裡買。台灣紅棗產量不多，藥鋪賣的亦是「舶來品」，顆粒不算大。爸爸說，紅棗本就該選粒小皮薄且看來光亮者，皮色不宜太鮮豔，紅中帶點紫的最好。還有，買前先聞一聞，如果有股酸味，掉頭就走。

辦貨費了好一番奔波，實際烹煮時也絕不馬虎。四樣材料除桂圓乾外，另三樣乾貨在上爐燉煮前，得分開來用清水泡軟。

銀耳得泡兩小時左右，才能充分發開，待濾去水分，尚需摘除蒂頭，如此燉好的銀耳方可入口即化。蓮子浸泡時間較短，用溫水泡三十分鐘到一小時便可，撈出以後需一顆顆剔除蓮心。我喜歡幫忙剔蓮心，拿著牙籤對準了蓮子底部，往上一擠一戳，蓮心便會從頂端脫出，讓人挺有成就感。聽說蓮心極苦，我曾偷偷揀了兩三芯來嘗嘗，果真苦得我有口難言。

紅棗就麻煩了，不但得泡水，還得上鍋蒸半個小時，蒸過的紅棗較易去核去皮。我一邊幫忙剝棗，一邊聽爸爸說，「紅棗須清蒸不宜水煮，才能充分保留紅棗的甜味。一般店家用紅棗做菜時，能替你去核就很了不起，哪像我們家傳的做法，還會剝掉粗粗的皮，這樣吃來不會一口渣，軟而糯，口感才好。」

這三樣材料分別處理好，才可合在一起入鍋加水煮開，隨即轉小火。這時可別急著加冰糖，太早放糖，蓮子怎麼煮也煮不爛。一鍋好湯需在爐上細火慢燉半個多小時後，方可落冰糖和桂圓乾，再煮上十分鐘，待糖融化了，桂圓的味道也釋放至湯中，就可以熄火。

熱騰騰的蓮子湯上桌，揭開我家農曆新年的序幕；對我來講，這一鍋香甜可口的氣味與滋味，就是「年味」。

我嫁來荷蘭後，家裡的另一口子是不懂農曆的洋人，加上海外張羅年菜材料並不容易，從前春節必吃的「十香菜」（即炒素什錦）、「全家福」（燴蹄筋、海參、蛋餃等多種葷素料）和紅燒黃魚，如今都只能在夢中回味。

這幾年以來，我不再為過年而大費周章，年夜飯頂多不煮洋餐，改燒中國菜。有興致的話，再按照家傳食譜，動手包上好幾條丈夫也很愛吃的三鮮春捲（餡料有韭黃、蝦仁和肉絲），下油鍋炸得黃澄澄、脆酥酥，象徵金條，討個吉利。

只有桂圓銀耳紅棗蓮子湯依舊年年都要燉，樣樣步驟都不馬虎，完全按照從小看來的做法。

我都是除夕臨睡前便將湯燉好，大年初一起床後再重新加熱。娘家的甜湯卻是前一天備好料，大年初一清早才燉上，據說現燉的，滋味較純正，一再加熱怕有「耗」味。燉好的蓮子湯倘若吃不完，寧可放冰箱，冷食亦爽口。

記憶所及，娘家的蓮子湯是比我自己燉的更好吃一點，不知這是因為回憶往往欺人，美化粉飾真實，還是由於我現在總是一個人喝著湯，無法與人分享那甜美又幸福的滋味。

儘管如此，大年初一，當我在異國冬日清晨仍黯黑的天空下醒來時，仍會滿懷期待地將一鍋蓮子湯放進電鍋加熱。待我沖好澡、梳洗完畢，電鍋開關便已跳起，我掀開鍋蓋，那一股熟悉的甜香隨著氤氳的蒸汽撲鼻而來，逝水般的年節往事霎時也栩栩如生地回到眼前，我輕聲告訴自己，過年了。

「季節之味」的七篇，除了〈夏天裡過海洋〉以外，都寫於我移居荷蘭後。坦白講，未定居四季分明的荷蘭前，並未明顯地感受到季節的流轉。要說荷蘭生活對我的人生最大的影響，從此留心到四季的變換，從而體會到人與節氣的關係，無疑是其中之一。

國家圖書館出版品預行編目資料

半生滋味：韓良憶精選集 / 韓良憶著 .-- 初版 .-- 臺北市：皇冠 . 2023. 09 面；公分. --(皇冠叢書；第5117 種)(韓良憶作品集；02)

ISBN 978-957-33-4064-5(平裝)

863.55　　112012996

皇冠叢書第 5117 種
韓良憶作品集 02

半生滋味

韓良憶精選集

作　　者—韓良憶
發 行 人—平　雲
出版發行—皇冠文化出版有限公司
台北市敦化北路 120 巷 50 號
電話◎ 02-27168888
郵撥帳號◎ 15261516 號
皇冠出版社（香港）有限公司
香港銅鑼灣道 180 號百樂商業中心
19 字樓 1903 室
電話◎ 2529-1778　傳真◎ 2527-0904
總 編 輯—許婷婷
責任編輯—黃雅群
行銷企劃—薛晴方
內頁設計—李偉涵
著作完成日期— 2023 年 5 月
初版一刷日期— 2023 年 9 月
初版二刷日期— 2024 年 1 月
法律顧問—王惠光律師

讀者服務傳真專線◎ 02-27150507
電腦編號◎ 587002
ISBN ◎ 978-957-33-4064-5
Printed in Taiwan
本書定價◎新台幣 380 元 / 港幣 127 元